Karl Wilhelm Ramler

Karl Wilhelm Ramlers Lyrische Gedichte

Karl Wilhelm Ramler

Karl Wilhelm Ramlers Lyrische Gedichte

ISBN/EAN: 9783743655614

Hergestellt in Europa, USA, Kanada, Australien, Japan

Cover: Foto ©Andreas Hilbeck / pixelio.de

Weitere Bücher finden Sie auf **www.hansebooks.com**

KARL WILHELM RAMLERS

LYRISCHE

GEDICHTE.

———

B e r l i n,
bey Chriſtian Friedrich Voſs.
1 7 7 2.

Innhalt.

—

—

Verzeichniß der Oden.

I.

An den König.

———

Friedrich! du, dem ein Gott das
für die Sterblichen

Zu gefährliche Loos eines Monarchen gab,

Und, o Wunder! der du glorreich dein
Loos erfüllst,

Siehe! deiner von Ruhm trunkenen Tage
sind

Zwanzig taufend entflohn; ihnen folgt
allzubald

Jedes Denkmaal von dir: alle die Tem-
pel, der

A

Pallas und dem Apoll, und dem verwundeten

Kriegesgotte geweiht, werden Ruinen feyn.

Zwar das Jahrbuch der Welt nennt, wann
der Eifergeift

Stolzer Könige fchläft, dich den Eroberer,

Dich den Grofsen: doch ach! heifst diefs
ein Leben für

Deine Tugenden? So lebt in Europens und

In der älteren Welt Afiens mancher Fürft,

Dir an Weisheit nicht gleich. Selbft der
unfterbliche

Macedonier, wie lebt er? bewundert, und

Nicht geliebt: denn er fand keinen Dir-
cäifchen

Herold, deffen Gefang weiter, als Phidias

Marmor, oder Apells athmende Farbe,
ftrebt.

Aber, fiehe! wie lebt Cüfar Oktavius

Durch den Edlen in Rom? (Edlen im
                    Buche der

Grofsen Götter, obgleich nicht auf der
                    Rolle des

Cenſors:) ewig geliebt, ewig ein Muſter der

Väter jegliches Volks. — Glücklicher
                    Barde, der,

Unverdächtig, ein Lob, reiner als beider
                    Lob,

In ſein Saitenſpiel ſingt! Glücklicher
                    Barde, der,

Nicht den Feldherrn allein und den ge-
                    ſchäfftigen

Landesfürſten in dir, der auch den Vater des

Haufes, der auch den Freund, der auch
                    den fröhlichen

Weiſen, grofs in der Kunſt jeder Kamöne,
                    ſingt!

A 2

Götter! wäre doch ich dieser beneidete

Barde! selber zu schwach, aber durch
        meinen Held,

Und die Sprache gestärkt, die wie Kal-
        liopens

Tuba tönet: wie weit liefs' ich euch
        hinter mir,

Sänger Heinrichs! und dich, ganze Zunft
        Ludewigs!

II.

An den Apoll.

Bey Eröffnung des Opernhauses in Berlin.

Apollo! (denn dir hat Friedrich den Tempel

Auf Stufen erhöht, mit Säulen umpflanzet,

Und deinen Spielen eingeweiht:

Melpomene singt in Eratons Laute,

Terpsichore tanzt, in Waffen, im Schleyer,

Dir menschliche Geschichten vor;)

A 3

Vergönne doch auch der füfsen Cythere
Den Zutritt! und o! dem freundlichen
Amor,
Der leichtgerüftet vor ihr hüpft!

Den Grazien, die der Gürtel entbehren,
Der Suada, mit hold einladenden Lippen,
Und allem jungen Göttervolk!

Komm, munterer Witz, und Muthwill,
und Lachen,
Und artiger Trotz, und fröhlicher Leicht-
finn,
Und du, fchalkhafter kleiner Scherz!

III.

Amynt und Chloe.

Ich bins, o Chloe! fleuch nicht mit nacketem Fuſs

Durch dieſe Dornen! fleuch nicht den frommen Amynt!

Hier iſt dein Kranz, hier iſt dein Gürtel!

Komm, bade ſicher, ich ſtöre dich nicht.

Sieh her! ich eile zurück, und hänge den Raub

An diesen Weydenbaum auf. , , Ach! stürze doch nicht!

Es folgt dir ja kein wilder Satyr,

Kein ungezähmter Cyklope dir nach. —

Dich, schlankes, flüchtiges Reh, dich hab'
ich erhafcht!

Nun widerstrebe nicht mehr! nimm Gürtel
und Kranz,

Und weihe sie der strengen Göttinn,

An deren ödem Altare du dienst.

IV.

Auf die Geburt des Prinzen von Preußen,

Friedrich Wilhelms.

Den 25. September 1744.

Gebt mir den königlichen Rebenfaft,
Erzeugt am Rhein, gereift am letzten
Hügel
Von Afrika, der meiner Seele neue
Flügel,
Und einen kühnern Taumel fchafft!

Denn, hört ihr nicht? uns ist ein
    Brennussohn,
Ein König ist der jungen Welt geboren!
Es rufen dreyssig ehrne Schlünde, (mei-
    nen Ohren
Ein jubelgleicher Donnerton!)

Dass wir mit Weinlaub unsre Locken
    heut,
Mit Myrthen unfrer Nymphen Stirne
    kränzen,
Die Nacht mit Rundgesängen feyern und
    mit Tänzen,
Bis Phosphor uns die Flucht gebeut. —

O wehe! wie durchraset mir der Geist
Des Bassareus die Seele! Gnade! Gnade!
Ich will ja singen, Gott der taumelnden
    Mänade,
Was deine trunkne Wut mich heisst!

Ja, fingen will ich von der Seligkeit

Des fehdelofen Landes: von der Beute

Der goldnen Gärten, von den Spielen
junger Bräute

Am Weinfeft und zur Aerntezeit.

Ich fing', o Cypern, Tyrus und Athen!

Von Schiffen fing' ich, die, mit jeder
Krone

Der Kunft, beladen mit der Blüthe jeder
Zone,

Die Wind' in deine Thore wehn;

Und von dem neuen Helikon, umringt

Mit Galliern und Britten; und von weiten

Amphitheatern, und wohin von allen
Seiten

Die ganze Flut Europens dringt.

Ich selber, nicht mehr kämpfend um
den Preis,
Ermuntre dann durch meinen Zuruf, kröne
Durch meinen Beyfall dann des goldnen
Alters Söhne,
Schon längst ein schwanenfarbner Greis.

Zu glücklich! wenn ich dann das
Loos erhielt',
Ich Unbestechlicher, mit milden Händen
Die theuren Urnen und Tripoden auszu-
spenden
Den edlen Barden, die gespielt,

Die Flöte süſs gespielt, die Laute ſtiſs,
Und kühn die Mäonidische Drommete:
Die Laute, wie der Greis von Teos, und
die Flöte,
Die der Sikulerhirte blies;

Und hätte meinem Busenfreunde dann

Entzückt vor allem Volk, den Kranz gegeben,

Und es zerrisse mir die Parze schnell
mein Leben,

Und dieser König säh' es an!

V.

Sehnsucht nach dem Winter.

1. 7 4 4.

Die Stürme befahren die Luft, verhüllen
den Himmel in Wolken,

Und jagen donnernde Ströme durchs
Land;

Die Wälder stehen entblöſst: das Laub
der geselligen Linde

Wird weit umher in die Thäler geführt.

Der Weinſtock, ein dürres Geſträuch : : Was
klag' ich den göttlichen Weinſtock?

Auf! Freunde, trinket ſein ſchäumen-
des Blut,

Und laſst den Autumnus entfliehn mit
ausgeleeretem Füllhorn,

Und ruft den Winter im Tannenkranz
her.

Er deckt den donnernden Strom mit dia-
mantenem Schilde,

Der alle Pfeile der Sonne verhöhnt,

Und füllt mit Blüthe den Wald, daſs alle
Thiere ſich wundern,

Und ſäet Lilien über das Thal.

Dann zittern die Bräute nicht mehr in wan-

    kender Gondel; fie fliegen

Beherzt auf gleitenden Wagen dahin:

Der Liebling wärmet fich falfch im Her-

    meline der Nymphe,

Die Nymphe lächelt, und wehret ihm

    falfch.

Dann baden die Knaben nicht mehr, und

    fchwimmen nicht unter den Fifchen;

Sie gehn auf harten Gewäffern einher,

Und haben Schuhe von Stal: der Mann

    der freundlichen Venus

Verbarg der Blitze Gefchwindigkeit

    drein.

O Winter! eile voll Zorn, und nimm den
kälteſten Oſtwind,

Und treib die Krieger aus Böhmen
zurück,

Und meinen erſtarreten Kleiſt. Noch hab'
ich ihm ſeine Lykoris,

Und Wein von mürriſchem Alter be-
wahrt.

VI.

An Lalagen.

Im May 1745.

———

Ifts möglich, Lalage? glüht diefs Rofen-
geficht
Ohn' alle Liebe? Bekennt die wallende
Bruft
In keiner Ader Sehnfucht? hebt fie
Nicht Ein mitleidiger Seufzer empor?

Begleit' ich immer umſonſt, wann Hesper
erwacht,
Mit matter Stimme das Lied der Zither?
und bring'
Umſonſt ein Elegienopfer
An jedem Morgen auf deinen Altar?

Und folg' ich immer umſonſt bald unter
den Trupp
Der bunten Larven, und nun zum Schau-
platz, und ach!
Umſonſt hier unter Blüthendüſte
Und Nachtigallengeſänge dir nach?

Die gute Göttinn beſtraft die Nymphe,
die ſtolz
Des Jünglings Leiden verhöhnt: Ein drohender Wink,
So biſt du völlig eine.Roſe,
Rund um mit neidiſchen Dornen ver-
wahrt.

Auch Daphne flohe, zu keufch! den jungen
Apoll,
Und ftand, und fühlte nicht mehr, und
fprofste zum Baum,
Wovon er feufzend diefen Zweig brach,
Der noch die Sänger der Liebe be-
kränzt.

VII.

An den Vulkan.

Bey Einweihung eines Kamines in einem Gartenhaufe.

Dir, o Sohn der Juno, fey diefer Mar-
        morherd heilig,

Herrfcher der Feuereffen in Lemnos,

Der du mit flammender Lohe den aufge-
        blüheten Xanthus

Halb verraucht in fein Lager zurück-
        zwangft: (*)

(*) Iliade XXI. 324 — 384.

Daſs du den Boreas hier und ſein kaltes
Gefolge verjageſt.

Dankbar weih' ich dir täglich ein Opfer,

Ein unſträfliches Blatt, von der ſchönen
Elvire geſchrieben,

Der Vermählten des mürriſchen Balbus.

Daſs kein böſer Verdacht die muntere
Freundinn entehre,

Lodre dir eiferſüchtigem Gatten

Der ſüfslächelnden Cypria ſonder Reue
dieſs Opfer:

Wann ich, am Morgen, vor deinem Altare

Die geröſtete Frucht des Arabiſchen Kaffe-
baums trinke,

Und ein blaues Ambroſienwölkchen

Mir die Stirn umwirbelt, gleich einem der
ſeligen Götter;

Oder, am Abend, den Fürſten der
Deutſchen

Weine verfuche, den einft der reiche
Patricier Ulfo
Feyerlich fchwur fo lange zu fchonen,
Bis ihm ein lachender Sohn entgegen-
lallte; der aber,
Dreyfsig Jahre fein Weibchen bewachend,
Ohne Sohn verftarb und ohne den forg-
fam bewahrten
Feftwein, deffen Erlöfung nun anhebt.

VIII.

N ä n i e.

Weint, ihr Kinder der Freude! weine,
Jokus!

Weine, Prantasus! Alle des Gesanges

Töchter, alle des jungen Frühlings Brüder,

Sirenetten und Zephyretten, weinet!

Ach! die Wachtel ist todt! Naidens Wachtel!

Die so gern in Naidens hohler Hand sass,

Und, gestreichelt von ihrer Rechten, acht-
mal

Ihren Silberschlag so hellgellend anschlug,

Dass das purpurbemalte Porzellan klang.

Wenn das Mädchen zu singen und zu
spielen

Anhub, lauschte sie still, und nickte freundlich;

Wenn das Mädchen zu singen und zu
spielen

Abliess, hüpfte die kleine Liederfreundinn

Auf die Laute des Mädchens, lockte hor-
chend

In die Laute, dass alle sieben Saiten,

Bauch und Boden der Laute wiedertönten.

Wenn das Mädchen verfenkt im Traum
und ftumm fafs,

Flog die Gauklerinn dem Pagoden Lama

Auf den Wackelkopf, wiegte mit dem Kopfe

Des Pagoden fich weidlich hin und wieder.

Ach! kein Vogel war diefem gleich! der Juno

Vogel nicht, der nur fchön war; auch
der Pallas

Vogel nicht, der nur klug war, und nicht
fcherzte.

Unfer Vogel war fchön und klug. Naïde

Scherzt' und kofete gern mit unferm Vogel.

Und der Vogel verftand Naïden: gab ihr

Nickend Antwort, fchlug an, fo bald fie
winkte,

Gieng und kam auf ihr Wort, und fafs
ihr rüftig

Auf der Schulter, und liefs sich küffen, liefs sich

Aus den Lippen der trauten Wirthinn ätzen,

Welcher menfchliche Geift belebte diefen

Vogel? Rede, du kleiner lieber Liebling,

Eh die bräunliche Seide dich umwickelt,

Und diefs Grab dich auf ewig einfchliefst, warft du

Nicht ein lieblicher Flötenfpieler? warft du

Nicht vor Zeiten ein füfser Minnefin-
ger? —

Nichts! er redet nicht mehr; es hat ihn feiner

Schönen Stimme der Tod beraubt und feines

Schönen Nickens: der böfe Tod, geftaltet

Als ein Geyergerlpp, der nächtlich alle

Kleinen Vögel erwlirgt und alle grofsen.

Doch sein niedlicher Schnabel soll nicht
sterben:

Unter Perlen und Gold und edle Steine

Will das Mädchen ihn wohldurchbalfamt
legen,

Oft mit Seufzen ihn anfehn, oft mit Thränen,

Oft ihn herzlich an ihre Lippen drücken.

Hier nun ruhe sein kalter Leichnam, unter

Dlefem Rofenbaum. Mayenbluhmen pflanz'
ich

Auf fein Grab, und von bunten Taufend-
fchönchen

Einen Kranz. Sein vergnligter Geift,
das weifs ich,

Ist gen Himmel geflohn, gleich einem kleinen

Funken. Laß ihn auf deiner Schulter sitzen,

Schnittermädchen des Himmels, die du Weizen

In den Händen und Mohn im Körbchen trägest.

IX.

Achelous, Bacchus und Vertumnus.

Achelous.

Ich, des Oceanus Sohn, schlug diesen Felsen, und schäumend

Braufte mein Strom in das Thal.

Akarnanien fah fich mit Bächen durch-
flochten, und brachte

Bluhmen und Früchte mir dar.

Bacchus.

Ich, Sohn Jupiters, rief aus halb verdorr-
    tem Gesträuche

Kühlende Trauben hervor:

Thrazieus Schäfer, vom Saft der ambro-
    sischen Beere geletzet,

Sang den wohlthätigen Gott.

Achelous.

Silberbeschuppte Geschwader ernähr' ich,
    und Muscheln am Grunde

Meiner wohlthätigen Flut,

Tränke das Wild, und stille der Wollen-
    heerde, der Heerde

Brüllender Rinder den Durst.

Bacchus.

Ich zerdrücke die Frucht des dichtbeblät-
terten Weinbaums,

Labe die Menschen mit Most,

Labe die Götter, an Festen der Menschen;
die Thiere des Waldes

Tränke der schlechtere Bach.

Achelous.

Ich erhalte der Welt das Leben: ich
wasche des Blutes

Tödtliche Seuchen hinweg.

Schäfer, trinket den Bach, und überle-
bet die Fürsten,

Welche der Weingott erwürgt!

Bacchus.

Ich bin Erhalter der Welt: ich tödte der
Erdebewohner

Tageverkürzenden Gram.

Fürſten, trinket den brauſenden Moſt, und
fühlet euch Götter!

Sklaven, ſeyd alle gekrönt!

Achelous.

Schüchterne Jungfraun enthüllen ſich mir,
und baden die Glieder

In der durchſichtigen Flut;

Alle Reize zu ſpähn und alle Spiele der
Nymphen,

Bleib' ich im Schilfe verſteckt.

C

Bacchus.

Wenn ich das schüchterne Mädchen zu
meinem Weine berede,

Steig' ich von Scherze zu Scherz;

Trinket die Nymphe, so scheuet sie nicht
mehr den glühenden Liebling,

Der ihr den Gürtel entführt.

Achelous.

Freund, vermähle mein Waſſer mit deinem allmächtigen Tranke.

Welch ein glückseliger Bund,

Wenn dein Wein das Leben erfreut, mein
Waſſer die Freuden

Ewig unschädlich erhält!

Bacchus.

Geuſs zu deiner Urne, mein halb erſtor-
    bener Gaſtfreund,

Dieſen erwärmenden Schlauch. — —

So verlängre die Welt ſich den Wohlge-
    ſchmack! ſo die Geſundheit!

So den balſamiſchen Schlaf!

Vertumnus.

Schlieſst mich in euren Bund ein, ihr Käm-
    pfer! Hier lachet ein Fruchthorn

Goldener Aepfel euch an!

Nehmt den ſäurlichen Saft in euer ver-
    mähltes Getränk auf,

Und den ſchneeweiſsen Kriſtall,

Von den Hydaspifchen Nymphen aus füfsem
Rohre gelocket,

Und den gewaltigen Geift

Ihres Rohres, verfchloffen in diefen ge-
höhleten Onyx!

Füllet die Becher! und wifst,

Diefen verwandelten Wein hab' ich einft
der Pomona gepriefen,

Die mich als Jüngling verwarf,

Und in Matronengeftalt fie leicht zum
Trunke beredet,

Leichter zur Liebe beraufcht.

X.

Auf einen Granatapfel,

der in Berlin zur Reife gekommen war.

1 7 4 9.

Find' ich dich hier in deiner grünen
Krone?
Zerspalteft du die purpurrothe Bruft
An diefer Sonn'? o Liebling der Pomone!
O Apfel Proferpinens! (die mit Luft
Und Wolluft deine goldnen Körner
Im Reich des Höllengottes afs,
Und allen Nektar ferner
Und den Olymp vergafs.)

Der Erdball ändert sich: das Meer ent-
fliehet,
Und macht dem Pfluge Raum; der Fels
sinkt ein;
Und, o Berlin! dein dürrer Boden blühet:
Pomona füllt ihr Horn in dir allein;
In dir kann Flora, nach Begehren,
Sich tausendfache Kränze drehn,
Und ganz verdeckt in Aehren
Die blonde Ceres gehn.

Und fremde Bäum', ihr junges Haupt
umschoren,
Bringt dir Sylvan, und zieht ein Laby-
rinth
Von Büschen auf vor diesen stolzen Thoren,
Die mir und allen Künsten offen sind,
Die jetzt auf Flügeln Dädals eilen,
Hoch über Meer und über Land,
Bleymasse, Meißel, Feilen
In ihrer harten Hand,

Urplötzlich sind der Felsen graue Rücken
Zu Tempeln und Palästen ausgehöhlt,
Die rund umher der Pyrrha Kinder
schmücken,
Noch halb den Steinen gleich, und halb
beseelt.
Ihr Götter! prächtig aus Ruinen
Erhebt sich euer Pantheon:
Die Weisen alle dienen,
Die Völker lernen schon.

Sagt, Sterbliche, den Sphären ihre
Zahlen,
Und sagt dem wilden Winde seinen Lauf,
Und wägt den Mond, und spaltet Sonnen-
stralen,
Deckt die Geburt des alten Goldes auf,
Und steiget an der Wesen Kette
Bis dahin, wo den höchsten Ring
Zevs an sein Ruhebette
Zu seinen Füssen hieng.

Wohl dir, o du, durch meinen Freund regieret,
Athen an Geist, voll Muth, wie Sparta war:
Es zog, von Kastors Liede gern verführet,
Zum Kampf hinaus mit aufgebundnem Haar;
Die Feinde, die den Kampf verloren,
Erwiederten, (nicht ohne Neid!)
Die Stadt sey nur geboren
Zu Waffen und zum Streit. —

So sang Kalliope, die, voll Entzücken,
Mit ihrer kriegerischen Tuba kam,
Und, nicht gesehn von ungeweihten Blik-
ken,
Den Weg zum Tempel des Apollo nahm,
Wo schon mit Lauten und mit Flöten,
Verlarvt und im Zypressenkranz,
Sich ihre Schwestern drehten
Im schönsten Reihentanz.

XI.

Die Wiederkehr.

Ich, Kalliopens oft heimlich entflohener
    Jünger, der ich, zu lange! dir,
Strenge Kritika, dir, Schwester der eitelen
    Pansophia, gefolget bin,
Kehre reuevoll um, eile voll Sehnsucht der
    Allgefälligen Göttinn zu.
Denn mein Tadel (*), obgleich ganz in
        den lautersten
Honig eingetaucht, schmerzete

(*) Kein schriftlicher, sondern ein mündlicher.
Der Verfasser hat vor und nach dem Jahre 1750 an
keiner einzigen kritischen Schrift Antheil gehabt:
man nehme das Lehrbuch aus, vor welchem sein
Name steht.

Meinen Selim; und noch schwäret sein
   krankes Herz.
Ja! nun weih' ich mich ewig der
Holden Muse! Mit ihr sang ich der Wäl-
   der Lob,
Sang Lyäens und Amors Lob:
Und mich liebte mein Freund. — O! sich
   geliebt zu sehn,
Welche Seligkeit! Liebe, dich
Tauscht mein trunkener Geist nicht um
   das Zeigen mit
Fingern, um der Versammelung
Händeklatschen, des Volks ehrebezeu-
   gendes
Aufstehn; dich um Gespräche mit
Grofsen Königen nicht, noch um die
   schmeichelnde
Tafel ihrer Gawaltigen.

XII.

An die Stadt Berlin.

1 7 5 9.

———

Ich sahe sie! (mir zittern die Gebeine!)

Ich sah, bekümmertes Berlin,

Die Göttinn deines Stroms vor deinem
Tannenhaine

Mit ihren Schwänen ziehn!

Vergönne mir, Najade, nachzulallen,
Was mein erstauntes Ohr durchdrang,
Und was dein Göttermund den Faunen
    sang, und allen
Hamadryaden sang. — —

Sey mir gegrüßt, Augusta, meine
    Krone!
Die Städte Deutschlands bücken sich!
Es hören meinen Stolz Belt, Donau,
    Wolga, Rhone,
Und weichen hinter mich!

Was fürchten wir, ist gleich die Zahl
    des Feindes
Wie dieser beiden Ufer Sand?
O Tochter! hast du nicht zur Seite mei-
    nes Freundes
Stets einen Gott erkannt?

Stritt Jupiter nicht selbst mit **Friedrichs**
Volke,

Und donnerte den Feind zurück?
Warf nicht der Kriegesgott einst plötzlich
eine Wolke

Vor seines Mörders Blick?

Sah ich nicht jüngst, als er vom fernen Süden

Den Riesen aus der Mitternacht (*)
Sein Heer entgegenriſs, (ein kleines Heer
von Müden,

Bereit zur zehnten Schlacht,)

Wie das Panier, von seiner Hand ge-
faſſet,

Zur drohenden Aegide ward?
Die Feinde sahn den Schild der Pallas,
die sie haſſet:

Und hafteten erstarrt

(*) Der König führte sein Heer in gröſseſter Eil aus
Mähren bis nach der Neumark den Ruſſen entgegen.

Am Boden ; — bis fie, durch fein Heer
    zerfchlagen,
Das unaufhaltfam weiter drang,
Wie Halmen von des Himmels Schloßen
    niederlagen,
Dreyhundert Hufen lang.

Ja, dinget nur die halbe Welt zufam-
    men,
Und rafet wider Einen Mann,
Und wendet wider ihn Verrath, Nacht,
    Meyneid, Flammen,
Den ganzen Orkus an:

Boruffiens gerechter Held foll fie-
    gen!
Die Götter fchützen ihren Sohn.
Bald wird er im Triumph zu feinen Kin-
    dern fliegen.
Er kömmt, ich feh ihn fchon!

Er kömmt, das Haupt mit Stralen
rund umwunden,
Wie Delius Apollo kam,
Als er den Python fchlug und ihm mit
taufend Wunden
Die fchwarze Seele nahm.

Eilt, ihn in Erz den Enkeln aufzu-
ftellen!
Eilt, einen Tempel ihm zu weihn
Am Rande meines Stroms! ich brenne,
feine Schwellen
Mit Bluhmen zu beftreun.

XIII.

An Herrn
Bernhard Rode.

=

Der du dem blutenden Cäſar beym Dolche
des Freundes in Purpur

Das Antlitz hülleſt, das den Mörder liebreich ſtraft;

Philipps Sohn zu des ſchnöde gefeſſelten
Königes Leichnam

Voll Wehmuth hinführſt; Ilions laut
ächzenden

Priester mit Drachen umwindest, o Rode,
    Melpomenens Maler!

Verlaß die keusche Großmuth deines
    Scipio,

Deines Koriolans gefahrenvollen Gehor-
    sam;

Verlaß der Brennusfürsten stolze Reihe
    jetzt,

Von dem Fahneneroberer Albert-Achill,
    bis zu Wilhelms

Erhabnem Schatten, Wilhelms, der durch
    Schnee, durch Eis,

Wie der Sturmwind sein Heer auf die flüch-
    tige Ferse des Feindes

Und seinen feigen Nacken stürzt, und
    sage mir:

D

Welche Gottheit dir Feuer zu deinen Schöp-

fungen eingofs,

Und diese kalte Sanftmuth, eiteln Aber-

witz

Still zu dulden, den Neid mit keinem

Gemälde zu ſtrafen,

Den Hohn mit keinem Blick? Entſageſt

du dem Geiſt

Der Apelle, der Bonarotti nur hierinn?

verkennſt du

Den überwundnen ſteilen Fuſspfad hin-

ter dir,

Ganz auf den ſtralenden Tempel der Kunſt

das Auge geheftet?

Und ſchweigſt voll Demuth, wenn dir

Reichthum, Ehrenamt,

Und der allwissende Jüngling, gereist in
geflügelter Eile

Durch sieben theure Bildersäle, Lehren
giebt?

Geometer und Krieger und Widersprecher
und Anwalt

Nicht deines Bildes Rede, Weisheit,
Adel ehrt?

Todtes Gemäuer vorzieht und grasende
Rinder, und Körbe

Voll Trauben und die ganze lange Bett-
lerzunft?

Bist du der Eine Gerechte, der seinem
Witze gebietet:

„Verachte Männer nicht in deiner
Wissenschaft

„Ungeübter Sinne, gerüstet mit nützli-
              chen Gaben,

„Die dir versagt sind, und mit Bürger-
              tugenden?„

Du der besondere Mann, der in den mit-
              buhlenden Werken

Der zeitverwandten Meister feine Schön-
              heit sieht,

Zehentausenden überläßt die Fehler zu
              spühen?

Der Menschenfreund nur du, der dem
              Verzagten gönnt

Tapferes Muthes zu scheinen, dem miß-
              gerathenen Künstler

Den Richterstab zu führen, bey dem
              blöden Volk

Sonder Gefahr und nächtliche Wachen sich

Ruhm zu erwerben:

Ob deine Seele gleich die glöttlichfchöne

Kunft

Nicht aus Ruhmfucht liebt, nein, fo wie der

Weife die Tugend? —

Dir gleicht der edle Graun, der Sai-

tenbändiger,

Der den eignen Gefang der hohen Olym-

pier hörte,

Und itzt an Spreens Ufer nachfingt;

aber nie

Marfyas bäurifchen Ton verhöhnte, noch

Urtheil und Ohren

Der ungeftimmten Midasenkel. Dir und

ihm

Setze die Wahrheit diefs goldene Denk-
        maal: Die gröffesten Meister

In grofsen Künsten, gröffer an Befchei-
        denheit.

Wen von dem heiligen Chor der väter-
        ländifchen Dichter

Gefellt euch beiden mein gerechtes Lob-
        lied zu?

Meinen lange geprüfeten Kleift, den
        ländlichen Barden.

Befcheiden, als ein Mufenpriefter, als
        ein Held,

(Hört es, Pierifche Jünger, Mavortifche,
        hört es!) befcheiden

In jedem Lorbeerdiadem, empfang' er
        hier,

Falls ich in Teuts und Mannus oft wieder-
verwelkenden Sprache

Noch Kränze flechten kann, den selt-
nern Ehrenkranz.

XIV.

An die Feinde des Königs.

1 7 6 0

Wie lange fchwingt die räfende Me-
gäre
Die Fackel? Götter diefer Welt,
Warum verfolgt ihr ihn, zu feiner eignen
Ehre,
Den unbezwungnen Held?

Ist, möglich? machen euch so viel Gefahren,

Mit welchen ihr ihn ringen saht,

So viele Kronen, die mit Blut zu kaufen
waren,

So manche Götterthat,

So manch von ihm zertretnes Ungeheuer

Nicht wieder zur Versöhnung Lust?

So lange loderte der Rache schwarzes
Feuer

In keines Gottes Brust.

Als Herkuls Arm den Löwen erst er-
drückte,

Der in Nemäens Felsen lag,

Und, mit der Panzerhaut bedeckt, sein
Rachschwerdt zückte,

Und schnell, und Schlag auf Schlag

Der Hydra, die ihn zu ermüden wagte,

Ihr immer wachfend Leben nahm,

Obgleich die Ferfen ihm ein kriechend
Seethier nagte,

Das gieng und wiederkam;

Und dann die falfche Brut der Stym-
phaliden,

Die wild aus ehrnen Schnäbeln fchrien,

Mit ehrnen Klauen raubten, und den Kampf
vermieden,

Aus Sumpf und Bufch zu ziehn

Ein Mittel traf; (denn diefe zu er-
legen,

War nur ein Spiel für Herkuls Hand;)

Und drauf aus Thrazien die Roffe, die
den Segen

Der Felder weggebrannt,

Und flammenathmend in die Hütten
drangen,

Und ihren Schlund, das offne Grab,

Mit Menschen fülleten, lebendig aufge-
fangen

Dem wilde Viehe gab:

Da sank der Zorn der reuerfüllten
Götter;

Und Juno, frey von Rachbegier,

Brach aus: Sohn Jupiters, der Sterblichen
Erretter,

O! mehr ein Gott, als wir!

Geneufs, geneufs der Ruh, die dir
entzogen,

Seit ich dies Feuer angefacht,

Und alle Himmlischen, durch meine Wut
betrogen,

Auf dich entbrannt gemacht!

Geneuſs der Opfer, die von beiden Enden

Der Erde künftig jedermann

Dir bringen wird, nicht uns! und nimm von meinen Händen

Den erſten Nektar an (*).

(*) Der Löwe, der in der Höhle des Nemäiſchen Felſen ſein Lager hatte; die Hydra, deren abgeſchlagene Köpfe doppelt wieder wuchſen; der groſse Seekrebs, der den Sohn Jupiters von hinten zu anfiel; die ungeheure Menge Stymphaliſcher Raubvögel, die eherne Klauen und Schnäbel hatten; die feuerſchnaubenden Roſſe des Thraziſchen Diomedes, die Menſchenfleiſch aſsen: ſind hier allegoriſche Vorſtellungen, die eine entfernte Aehnlichkeit mit eben ſo viel uberwundenen Armeen haben. Durch die Juno wird die vornehmſte der feindlichen Majeſtäten, und durch die übrigen Götter werden die übrigen feindlichen Könige angedeutet.

XV.

An den Frieden.

1 7 6 0.

Wo bist du hingeflohn, geliebter Friede?
Gen Himmel, in dein mütterliches Land?
Haft du dich, ihrer Ungerechtigkeiten
      müde,
Ganz von der Erde weggewandt?

Wohnst du nicht noch auf Einer von
  den Fluren

Des Oceans, in Klippen tief versteckt,
Wohin kein Wucbrer, keine Missetbäter
  fuhren,

Die kein Eroberer entdeckt?

  Nicht, wo mit Wüsten rings umher
    bewehret,

Der Wilde sich in deinem Himmel dünkt?
Sich ruhig von den Früchten seines Palm-
    baums nähret,

Vom Safte seines Palmbaums trinkt?

  O! wo du wohnst, lafs endlich dich
    erbitten:

Komm wieder, wo dein süfser Feldgefang
Von heerdenvollen Hügeln und aus Wein-
    beerhütten

Und unter Kornaltären klang!

Sieh diese Schäfersitze, deine Freude,

Wie Städte lang, wie Rosengärten schön,

Nun sparsamdünn, wie Bäumchen auf ver-
    brannter Heide,

Wie Gras auf öden Mauren stehn.

Die Winzerinnen halten nicht mehr
    Tänze,

Die jüngst verlobte Garbenbinderinn

Trägt, ohne Saitenspiel und Lieder, ihre
    Kränze

Zum Dankaltare weinend hin.

Denn ach! der Krieg verwüstet Saat
    und Reben,

Und Korn, und Most; vertilget Frucht und
    Stamm;

Erwürgt die frommen Mütter, die die
    Milch ihm geben,

Erwürgt das kleine fromme Lamm.

Mit unsern Roffen führt er Donner-
wagen,
Mit unsern Sicheln mäht er Menfchen ab;
Den Vater hat er jüngft, er hat den Mann
erfchlagen,
Nun fodert er den Knaben ab.

Erbarme dich des langen Jammers! rette
Von deinem Volk den armen Ueberreft!
Bind' an der Hölle Thor mit fiebenfacher
Kette
Auf ewig den Verderber feft!

XVI.

Lied der Nymphe Perſante.

Den 24. September, 1760.

(Nachdem die Feſtung Kolberg von dem Ruſſiſchen
Heere einmal zu Lande, und zum zweytenmal
von der Ruſſiſchen und Schwediſchen Seemacht
vergeblich belagert worden war.)

———

Er ſiegt! mein Perſeus ſiegt! — Ihr
        Freudenzähren,
Erſtickt nicht meinen Lobgeſang! —
O Fluten meines Stroms, erzählt in allen
        Meeren
Des Drachen Untergang!

Hier, wo der Belt, mein Kolberg zu verschonen,

Mit Dünen sein Gestad' umzieht,

Safs ich, und sang entzückt den horchenden Tritonen

Von meinem Freund' ein Lied.

„Er schlug das Raubthier jüngst, das der beschneyte

„Riphäus auf mich ausgespien,

„Als ich, verlassen von den Göttern, seine Beute

„Unwiederbringlich schien. —

Ich sprachs: als ich urplötzlich einen Drachen

Aus blauer Tiefe steigen sah

Mit funfzig aufgerifsnen feuerspeynden Rachen:

Ohnmächtig lag ich da.

Mein Perſeus flog in dieſem Augenblicke
Herab von ſeiner Warte, ſchwang
Sein glorreich Eiſen, hielt den Tod im
        Meer zurücke
Dreymal neun Tage lang.

Ha! welche Flammenſtröme ſchofs die
        Hyder
Nach ſeinem Leben! — Endlich fand
Mein Flehn der Götter Ohr: und Waffen
        fielen nieder
Da, wo mein Gaſtfreund ſtand.

So bald ihm Plutons Helm das Haupt
        verhüllte,
Ihn Hermes Flügel trug, der Speer
Der ſchrecklichen Minerva (*) ſeine Rechte
        füllte:
Stürzt' er die Peſt ins Meer.

(*) Der Helm des Pluto, die Flügel Merkurs, der
Speer Minervens bedeuten die heimliche, ſchnelle,
tapfere Hülfe, die dem Kommendanten der Feſtung
geleiſtet ward.

E 2

Von meinen Lippen soll sein Lob er-
    schallen,
Ich feyre dankbar meinen Held,
So lang' in diefes Hafens Arme Segel
    wallen,
Vom Oftwind' aufgefchwellt.

Ihm felbft will ich, wann er den Strand
    begrüfset,
Auf feine Wege Kalmus ftreun
Und Mufcheln; denn mein Flus ift arm:
    kein Goldfand fliefset,
Kaum Ambra (*) rollt hinein.

Und du, mein Barde, der du vor den
    Thoren
Von deiner mütterlichen Stadt
Einft Lieder lalleteft, wenn fie, die dich
    geboren,
Noch deine Liebe hat:

(*) Gelber Ambra: Agtftein, Bernftein.

So finge meinen Liebling, meinen
       Retter
In jene Laute, die dir jüngst
Befaitet ward, in welche du den Kampf
        der Götter
Mit den Titanen fingft.

XVII.

Auf ein Geſchütz.

Berlin, den 3. Oktober, 1760.

(Als von der Ruſſiſchen Artillerie eine Kugel aus
einer ungewöhnlichen Ferne bis mitten in die
Stadt getrieben wurde.)

O du, dem glühend Eiſen, donnernd
Feuer

Aus offnem Aetnaſchlunde flammt,

Die frommen Dichter zu zerſchmettern,
Ungeheuer,

Das aus der Hölle ſtammt!

Wer, zur Verheerung blühender Ge-
schlechter,
Dich an das Sonnenlicht gebracht,
Hat ohne Reue seine Mutter, seine
Töchter
Frohlockend umgebracht.

Ganz nahe war ich schon dem Styx,
ganz nahe
Dem giftgeschwollnen Cerberus;
Ich hörte schon das Rad Ixions rasseln,
sahe
Die Brut des Danaus,

Verdammt zum Spott bey bodenlosen
Fässern;
Und Minos Antlitz, und das Feld
Elysiens; den grossen Ahnherrn eines
grössern
Urenkels, und sein Zelt

Voll tapfrer Brennen fah ich: ihre
        Lieder,
Ihr Feft bey jedem Freudenmahl
Ift er, der wider fechs Monarchen ficht,
        und wider
Satrapen ohne Zahl.

Schon füng' ich feine jüngfte That:
        wie braufend
Ein Meer von Feinden ihn umfieng,
Er aber feinen Weg hindurch auf zehen-
        taufend
Zertretnen Schedeln gieng.

Alcäus würde jetzt mein Lied be-
        neiden;
Schon fäh' ich Cäfarn laufchend nahn,
Mit ihm den weifen Antonin, und den
        von beiden
Gefeyrten Julian (*).

(*) Cäfar und Antonin ehren im Julian, jener den
Helden, diefer den Philofophen, beide den Schrift-
fteller und ihren eigenen Panegyriften. Wie ihn der
        Philo-

Allein Merkur ſtand neben mir, und
wandte
Durch ſeinen wunderbaren Stab
Den Ball, der mich ins Reich der Nacht zu
ſchleudern braunte,
Von meinen Schläfen ab.

Denn ich ſoll noch die Laute ſtärker
ſchlagen,
Wann er durch Weihrauchwolken zeucht,
Die Kriegesfurie gefeſſelt an dem Wa-
gen
Des Ueberwinders keucht;

Wann er, auf einem Throne von
Trophäen,
Rund um ſich her der Künſte Kranz,
Und wir, im Muſentempel, ſeine Siege
ſehen,
Verſteckt in Spiel und Tanz;

Philoſoph von Sans - Souci ehrt , findet man in ſeinen vermiſchten Gedichten, in der erſten Ode und im
zehnten Briefe.

Wann er, ein Gott Ofir! durch unfre
Fluren

Im feligſten Triumphe fährt,

Indeſs der Ueberfluſs auf jede feiner
Spuren

Ein ganzes Füllhorn leert.

XVIII.

An den Fabius.

Den 3. November, 1760.

Nach der Schlacht bey Torgau.

O Fabius! gereut dich nach drey
Jahren
Dein glückliches Verziehn?
Wo waren deine Felsen? Waren
Die Felsen nicht mehr steil für ihn?

Vergissest du, wie man bey Nacht dem Sieger

Ins müde Lager streift?

Und wie man eine Hand voll Krieger

Mit einem Ocean erfäuft?

Und wie man bundsverwandte Na-
tionen

Bequem zur Schlachtbank schickt,

Indessen man, sein Heer zu schonen,

Von sichrer Höh weit um sich blickt?

Wer nimmt sich nun der Diener armer Staaten,

Der hohen Bassen an,

Und straft den stolzen Potentaten,

Der selbst regieren will, und kann?

Wer rächt die Feldherrn, die nach
    Ehre dürsten,
Nach Beute lüstern sind,
An diesem wunderbaren Fürsten,
Der seine Schlachten selbst gewinnt?

Und ach! wer rächt die Zunft der
    schönen Geister,
Nun du geschlagen bist,
An einem Könige, der Meister
In allen ihren Künsten ist?

Weh deinem Pontifex, der stets die
    Layen
Mit Wundern hintergeht!
Er kann ja keinen Degen weihen,
Der wider Pallas Helm besteht.

XIX.

An die Könige.

1 7 6 1.

Soll wieder eine ganze Welt vergehen?

Bricht wieder. eure Sündflut ein?

Und sollen wieder alle Tempel und Trophäen

Berühmte Trümmer seyn?

Und alle Künste spät aus Asch' und
       Moder
Und Todtengrüften auferstehn,
Und aus der Nacht des regellosen Zu-
       falls? oder
Auf ewig untergehn:

Wenn nun die weise Vorwelt ausge-
       storben,
Das unerzogne Kindeskind
Ein Räuber ist, die nicht zu Räubern an-
       geworben,
Armsel'ge Pflüger sind? — —

O ihr, verderblicher, als der ent-
       brannte
Vesuv, als unterirdische
Gewitter! ihr, des magern Hungers Bunds-
       verwandte,
Der Pest Verschworene!

Die ihr den fchnellen Tod in alle
Meere
Auf Donnergaleonen bringt,
Und von Lisboa bis zum kalten Oby
Heere
Zum Wechfelmorde dingt!

Und ach! mit Deutfchlands Bürgern
Deutfchlands Bürger
Zerfleifchet, Einen beffern Held,
Der Brennen welfen König, zu betrüben!
Würger
Der Welt und Afterwelt!

Wenn eurer Mordfucht einft ein Frie-
de wehret,
Der jedem das geraubte Land
Und feine bangen Veften wiedergiebt,
verheeret
Entvölkert, abgebrannt:

Ihr Könige, wie wird es euch nicht reuen,

(Wo nicht die fromme Reue fleucht,

Durch Wolluſt, falſche Weisheit, laute Schmeicheleyen

Des Höflings weggeſcheucht,)

Daſs euer Stal unmenſchlich Millionen

Urenkelſöhne niederſtieſs;

Daſs keiner, ſatt des Unglücks, ſeine Legionen

Das Blutfeld räumen hieſs;

Und lieber, ſchuldlostapfer, durch die Wogen

Des ſtillen Oceans den Pfad

Geſuchet, eine Welt entdeckt; ein Volk erzogen,

Wie Manko Kapak (*) that,

(*) Der Stammvater der Könige in Peru.

Der neue Schöpfer seiner Vatererde:
Er theilte Feld und Binsenhaus
Und Weib und Kleid und Zucht und Göt-
   ter einer Heerde

Zerstreuter Wilden aus;

Und hieſs dem frommen Volk ein Sohn
   der Sonne:
Gleich milde, wachsam, so wie sie,
Und so wie sie, des neugebornen Lan-
   des Wonne,
Und ewig jung, wie sie.

XXI.

An feinen Arzt.

Berlin, den 24. Jenner, 1762.

———

Mein Arzt, mein Freund, o! laſs mich
ihn entſiegeln,
Den Hochheims edle Kelter zwang,
Und jenen, alt als ich, der einſt auf Tar-
zals Hügeln
Die Morgenſonne trank!

Daſs ich dieſs todtenkalte Fieber höhne,

Das um mein Eingeweide ſchleicht,

Und hohe ſäkulariſche Päanen töne;

(Denn Friederich erreicht

Heut ſeiner Jahre Mittag, den Phálangen

Europens nicht, auch nicht der Wut

Der Horden Aſiens bezwinglich, noch den
Schlangen

Der Eumenidenbrut;)

Und trunkne Jubel jauchze, daſs von allen

Feindinnen nur Thereſia

Noch trotzen darf; daſs Tanaquil jüngſt-
hin gefallen,

Und nun Kleopatra (*).

(*) Tanaquil, die Gemahlinn eines Römiſchen Königs, Kleopatra, eine Egyptiſche Königinn : erborgte
alte Namen, anſtatt der eigenen.

XXII.

An Lycidas.

—

Wen seine Mutter unter den zärtlichen

Gesängen heller Nachtigallchör' empfieng,

Wer ihr in ihren Götterträumen

Nächtlich als Schwan sich vom Busen loswand,

Hängt nicht erstrittne Fahnen, und Schlüs-
  sel von

Bezwungner Städte Thoren, und feindliche

Galeerenschnäbel in Gradivens

  Blutige Tempel auf; keine Schiffe,

Mit Künsten aller Völker, mit jeder Frucht

Der sonnenrothen Berge, des kalten Meers,

  Der aufgedeckten Hölle wuchernd,

    Fliegen für ihn um die beiden Pole.

Ununterwiesen wird er, als Knabe schon,

Die Frühlingsbluhme singen, und froh be-
  stürzt

  Sich einen Dichter grüssen hören.

    Ihm wird die jüngste der Charitinnen,

Die wohlbewachte Scham, sich zur Füh-
rerinn

Entbieten. Ihm wird Pallas die Wolke von

Den Augen nehmen, daſs ihr Jünger

Wahrheit und blendenden Trug er-
kenne.

In Wäldern wird er einſam den Vater der

Natur verehren. Endlich, o Lycidas,

Erwartet er, gleich eines fremden

Mannes Beſuche den Tod mit Gleich-
muth.

XXIII.

An Herrn
Christian Gottfried Krause.

1 7 6 2.

——

Mein Krause, den nicht der Themis Orakel,
Der Zank am Altar, im Tempel der Aufruhr
Entwöhnten zärtliche Lieder
Aus siebenfach tönenden Saiten zu ziehn,

Laſs andre den Sieg des feurigen
Heinrichs,
Den ſchnellen Triumph des Löwen beſingen,
Der, ſelbſt im Schlummer erſchrecklich,
Die Lybiſchen Wüſten in Ehrfurcht
erhält;

Und endlich, gereizt vom drohenden Pan-
ther,
Den nimmer umſonſt gewageten Sprung
thut,
Im Bauch des Feindes die Klauen,
Im Nacken den zähnebewaffneten
Schlund.

Ich ſinge mit dir die ſanfteren Siege
Der Daphne, das Glück um Iris zu
brennen,
Um euch, ihr leuchtenden Augen!
Dich, ſtrebender Buſen! dich, Gra-
zienmund!

XXIV.

An Delien.

Schönste Delia! gleich muthig ein töd-
tendes
Erz zu spannen, und gleich fertig ein
Welsches Lied
Zur Theorbe zu singen:
Du betraurest den Athamas,

Der am Tajo nur dich unter den trotzigen
Kriegesſchaaren, nur dich in dem gefähr-
    lichern
  Zirkel ſchmachtender Jungfraun
    Und liebkoſender Frauen denkt.

Dir den Gram zu zerſtreun, deckſt du
    mit männlichem
Federhute die Stirn, gürteſt ein Jacht-
    ſchwert um,
  Lenkſt mit purpurnem Zügel
    Den blau ſcheckigen Tartargaul.

Dich begleitet Nearch von dem gefällten
    Reh
Oder Damhirſch zurück zu den Erfri-
    ſchungen,
  Unter kühle Plantanen,
    In ſein ſeidenes Tafelzelt.

Weib des treuen Gemahls, scheue die
      Dämmerung!
Und das wallende Blut nach der vertrau-
      ten Jacht!
Und des Meeres und Landes
      Mark und Würze dir aufgetischt!

Und den tückischen Wein, der wie das
      Auge des
Rebhuhns röthelt, vom Blut Amors er-
      hitzet ist,
Oft die Wächter der Unschuld
      Von der Seite der Nymphe schreckt:

Den verständigen Ernst, und die besorgte
      Scham,
Und den muthigen Stolz, sich zu empören
      rasch,
Und die wachsame Klugheit,
      Deren Aug' in die Zukunft sieht! —

Als Cythere, das Lied ihres Ioniers
Zu belohnen, die Taub' ihres Gespanns
    ihm gab,
  Flog, das Joch zu ergänzen,
    Amor ämsig von Baum auf Baum;

Fand ein Täubchen im Ulm, dessen Stamm
    Wein umkroch,
Streift' am Aste den Arm, drückte den
    Tropfen Bluts
  Auf ein Rebenblatt, eilte
    Mit der Beute dem Wagen zu.

Nach Jahrhunderten ward Asiens edler
    Stock
An die Marne gepflanzt, in das verarmte
    Land,
  Wo der singende Winzer
    Seine Traube für Fremde preßt.

Und noch — siehe vom Blut Amors ein
Wunderwerk! —
Ist der hüpfende Most lustiges Leichtsinns
voll,
Voll verwegener Schalkheit,
Schnell verlodernder Flamme voll.

XXV.

An die

Göttinn der Eintracht.

1 7 6 2.

Konkordia! — durch dich rollt jede
Sphäre,
Und wo dein Fuſs ein Land betrat,
Da zeichneten volkreiche Städte, Tänze,
Chöre
Der Jungfraun deinen Pfad;

Doch Drat und Beil trägt dir mit schnel-
   lem Schritte,
Die Blicke drohend, taub das Ohr,
Der Brüder Blut, der Ehen Schmach, den
   Raub der Hütte
Zu rächen, Ate (*) vor: —

 Zu dir erheben aus zerstörten Städten,
Zu dir auf Trümmern um den Strand,
Zu dir auf Saaten, die des Rosses Huf
   zertreten,
Die Völker Mund und Hand;

 Zu dir die Pflanzstadt ungeborner Söhne,
Die deiner milden Künst' entbehrt: (**)
Daß doch dein Geist den Zorn der Könige
   versöhne,
Der itzt die Welt verheert.

(*) Die Strafgerechtigkeit, sonst Nemesis genannt.

(**) Die noch nicht geborne Nachwelt, die wieder
zu einer Pflanzstadt, das heißt, sehr dünne geworden
seyn, und eine Menge von Künsten, den Geburten des
Friedens, verloren haben wird, diese würde schon itzt
zu dir beten, falls sie beten könnte.

Dir hat dein Freund, Teutoniens Erretter,
Der Held, der dreymal Frieden heifcht,
Bevor fein fchwerer Arm durch fieben
              Donnerwetter (*)
Der Fürften Raubfucht täufcht,

Vereint mit Suecien durch deine Bande,
Und mit Ruthenien vertraut,
Nach langer Arbeit, einen Tempel an
              dem Rande
Des alten Belts erbaut.

Schränkt fich Semiramis (**) in ihre
              weiten,
Fruchtreichen Dynaftien ein:
So wird er mit entzückter Seele dir den
              zweyten
Auf den Sudeten weihn.

(*) Bey Lowofitz, Prag, Rofsbach, Liffa, Zorndorf, Liegnitz, Torgau.

(**) Der Name einer mächtigen und heldenmüthigen Affyrifchen Monarchinn, anftatt des eigenen Namens.

XXV.

Auf die
Wiederkunft des Königs.

Berlin, den 30. März, 1763.

―――

Der Held, um den du bebteſt, wann im Streite,
Wohin ihn dein Verhängniſs trug,
Der ehrne Donner von den Bergen ihm zur Seite
Die Feldherrn niederſchlug:

Da wider ihn mehr Feinde sich ge-
        sellten,

Als dir die Nachwelt glauben darf,

Und er sich mit entschlofsner Seele zweyen
        Welten

Allein entgegenwarf;

Dein König, o Berlin! durch den du
        weifer,

Als alle deine Schweftern bift,

Voll Künfte deine Thore, Felfen deine
        Häufer,

Die Flur ein Garten ift;

Dein Vater, der dich oft in deinem
        Mangel

Gefpeift, — kehrt wieder in dein Land,

Und hat in Feffeln an der Höllenpforten
        Angel

Die Zwietracht hingebannt.

Fall' an fein Herz, o Königinn! mit
      Zähren

Der Freude; fleuch an feine Bruft,

Amalia, von deinen frommen Dank-
      altären,

Und rede, wenn die Luft

Dich reden läfst; Vermählte feiner
      Brüder,

Küfst fein friedfelig Angeficht:

Willkommen, Schutzgeift deines Volkes!
      und fagt wieder:

Willkommen! und mehr nicht.

Ihr Jungfraun, deckt mit immergrünen
      Zweigen,

Mit einem ganzen Lorbeerhain

Den Weg; mifcht Bluhmen, die der offnen
      Erd' entfteigen,

Und frühe Blüthe drein.

Ihr edlen Mütter, opfert Spece-
      reyen,
Die Maraba den Tempeln zollt,
Da, wo fein goldner Wagen durch ge-
      drängte Reihen
Entzückter Augen rollt.

Heil uns, daſs unfer Morgen in die
      Tage
Des einzigen Monarchen fiel!
So fagt, ihr Jünglinge. Du, Chor der
      Alten, fage:
Heil uns, daſs wir das Ziel

So viel gekrönter Thaten fahn! wir
      fterben
Von Wonne trunken: Friederich
Bleibt hinter uns; ihr ftolzen Enkel follt
      ihn erben.
Triumph! fo fag' auch ich:

Wenn, unter hohen, jubelvollen Zun-
gen,
Ein füfser Ton auch mir gerieth:
Triumph! ich hab' ein Lied dem Göttli-
chen gefungen,
Und ihm gefällt mein Lied.

XXVI.

An Gallinetten.

Ausgeartetes Kind einer unſterblichen

Mutter! haſt du doch mehr Herzen ero-
bert, als

Die weit edleres Gangs, edleres An-
ſehns iſt,

Deine Schweſter Iberika!

G 4

Mehr, mit Worten beſtrickt, als die gefällige

Heſperillis: obgleich ihrer Geſänge Ton
Ein Sirenenton iſt, ihre Beredſamkeit
Gleich dem Bache der Suada flieſst!

Nun erhebſt du die Stirn, trotzeſt der göttlichen

Teutonida? verlockſt alle Verehrer ihr
Durch ein leichtes Geſchwätz, durch ein verbuhltes Lied,
Durch ein fröhliches Gaukelſpiel?

Fleuch zur Marne zurück, unter die brauſenden

Landesföhne, dem Wein ihrer Gebirge gleich!
Oder buhle forthin nur mit den Fremd-
lingen
Unſrer Fluren, o Schmeichlerinn!

Mit den Boten der ausländischen
Könige,
Mit dem flüchtigen Trupp eitler Patricier;
Und verderbe den Geist weiser Druiden
nicht,
Nicht der heiligen Barden Chor!

XXVII.

An Hymen.

Lydiens und Cytherens Sohn,

Im fchönften Raufch geboren,

Gott Hymen, der du dir zum Thron

Das Hochzeitbett erkohren!

Dir fleht der forgenvolle Greis:

O Stifter der Gefchlechter!

Nimm, was ich nicht zu fchützen weifs,

Nimm mir die grofsen Töchter.

Dir fchmückt das fromme Mädchen fich

Bey feinem Morgenliede;

Der weife Jüngling hofft auf dich,

Des falfchen Amors müde.

Dich rufen junge Wittwen an

Im hochbetrübten Schleyer;

Im Flohr bekennt der Trauermann

Dir fein gewaltig Feuer.

Du, mehr als andre Götter werth,

Dir flehen auch die Prinzen:

Erfülle, was der Krieg geleert,

Erfüll' uns die Provinzen!

O! wenn dich noch ein Opferschmaus

Herab vom Himmel ziehet:

So komm in meines Leukons Haus,

Der am Altare knieet.

Komm, einen Ring an jeder Hand,

Und um die Schläfe Myrthen,

Und um den Arm ein goldnes Band,

Das Knie der Braut zu gürten,

Die, wenn von Wein und Liebe voll,

Ein Gaſt zu viel begehret,

Und ſie doch etwas miſſen ſoll,

Am liebſten Band entbehret.

Die Schaar der trunknen Räuber theilt

Sich in die goldne Beute:

Sie flieht indeſs, der Liebling eilt,

Und giebt ihr das Geleite.

XXVIII.

An die Muse.

=

Willſt du den allerhöchſten Zevs er-
höhen,
Der ſein allmächtig Haupt bewegt, .
Und den Olymp erſchüttert? oder Athe
näen,
In dieſem Haupt gepflegt,

Die mit beſtälter Eſche, nimmer
müde,

Den Typhon, den Encelados

Zurückewarf, und mit der ewigen
Aegide

Die Felſen, ihr Geſchoſs?

Singſt du den erſten König in die
Saite,

Die Patarcus dir aufgeſpannt?

Ihn? oder ſeinen Bruder? oder wählſt
du heute

Den Gwelfen Ferdinand?

In königlicher Weisheit unterwieſen,

Zu Kriegestugenden erhitzt,

Sind beide hoher Hymnen werth, — Bald
ſinge dieſen,

O Muſe! jenen itzt.

Wohlan, mein Lied! fpann' alle delne
Segel
Bis an den Wimpel auf, und fprich:
Als der Monarch, den Sprea, Viadrus und
Pregel
Anbeten, Friederich -

Arminlus, von Völkern ange-
fallen,
Dle Neid und Wahn und Hafs verband,
Mit feinem Donner nicht allgegenwärtig
allen
Und ewig widerftand:

Da brach, genährt im forgelofen Frieden,
Glelch einem neuen Meteor,
Das den Orion auslöfcht und die Tynda-
riden,
Prinz Helnrichs Geift hervor.

Als Jüngling schlief er ehmals in der
Höhle
Aoniens, und war die Luft
Der Musen; itzt erhöheten sie seine
Seele:
Mit unbewegter Bruft

Hielt er der Söhne Teuts verschworne
Heere
Zurück von unfrer Flur; (so stand
Das Ifthmische Gebirge, trennte beide
Meere,
Ward zweyer Völker Band;)

Und plötzlich schlug er die betäubten
Schaaren,
Und krönete, dieß war der Schluß
Der Götter! jene zwölf (*) Herkulifchen
Gefahren
Des Deutfchen Genius.

(*) Die zwölf fiegreichen Schlachten in dem ganzen
Schlefifchen Kriege.

H

Wagſt du noch mehr zu ſingen? —
       Daſs der Sieger,
So weit er in der Feinde Land
Mit ſeinem Lager flog, geſegnet, ſeine
       Krieger
Zum Wohlthun ausgeſandt?

Selbſt unerforſchlich, jeden Anſchlag
       kannte?
Früh thätig, jeden hintertrieb? —
Nein; ſage, daſs ihn Friedrich ſelbſt
       den Feldherrn nannte,
Der ohne Fehler blieb.

XXIX.

Glaukus Wahrsagung.

(Als die Französische Flotte aus dem Hafen von
Brest nach Amerika segelte.)

Als Ludewigs Pilot mit stolzer Flotte

Westgalliens beschäumtes Thor

Verließ, hub Glaukus aus der tiefen Fel-
sengrotte

Sein blaues Haupt empor:

Unglücklicher! der fchon, von Hoffnung
trunken,

Des Oceans Gebieter ift,

Du führft in deinen Schiffen einen Feuerfunken,

Der beide Welten frifst!

Bald nimmt Avernus eine Myriade

Zu früh entleibter Seelen ein;

Bald werdet ihr im Meer der Hayen,
am Geftade

Der Aaren Beute feyn!

Die Götter, die jetzt lachend mit euch
ziehen,

Bereuen ihr gefchenktes Glück,

Verachten euren Uebermuth, und alle
fliehen

Nach Albion zurück:

Daſs Albion der meerumfloſsnen Erde
Gerechte Friedensrichterinn,
Das Schrecken der beraubten Oceane
          werde,
Der Infeln Königinn;

Ihr aber, flüchtig unter jeder Zone,
So manchen fchwimmenden Palaſt,
Und Port, und Meer, und Eyland, und
          der Kolombone (*)
Durchſtrömte Flur verlaſst.

O weiche Söhne tapfrer Franken,
          fprechet
Helvetien um Männer an!
O! plündert unbewehrte Fürſtenthümer!
          brechet
Mit Wagen, Roſs und Mann

(*) Die Götter nennen fie Kolombons, die Menfchen
Amerika.

In eurer Väter alte Sitze! fchreitet

Kühn über den gehörnten Rhein, (*)

Sucht Pallas Liebling auf, der für fein
     Erbe ftreitet,

Und, eurer Macht zu klein,

Und von verfchwornen Barbarn überfallen,

Einft wanken mufs: erdrücket ihn! —

Ihr unter den verfchwornen follt, ihr un-
     ter allen

Allein, mit Schande fliehn!

Der Ort, wo fieben Krieger funfzig
     jagen, (**)

Ob ihr ihn zu vernichten fucht,

Ein Brandmaal wird er euch, worauf, in
     fpäten Tagen,

Ein befsrer Enkel flucht,

(*) Ein beftändiges Beywort der Flüffe. Virgil nennt
den Rhein insbefondere: *bicornis*.
 (**) Rofsbach.

Ob alle Reißigen aus euren Veßen,

Ob eine neue Helene

Euch alle Prinzen aus Lutetiens Paläßen

Zu Feldherrn ſendete:

Dort auf den Gräbern Röm'ſcher Legionen

Erwartet eure Tapferkeit

Ein Fürſt, den Jupiter, der Hirtenſtäb'
und Kronen

Aus Einer Urne ſtreut,

Nicht zum Monarchen, aber zum Vergnügen

Des menſchlichen Geſchlechts erkohr.

Ha! welch ein lauter Päan ſteigt von ſeinen Siegen

In mein entzücktes Ohr!

„Also zerbrach mit fieggewohnter Rechte

„Der Alkumena Sohn, im Zorn,

„Dem wandelbaren Gotte das zum Blut-
. gefechte

„Wild aufgeworfne Horn;

„Also entkräftete der göttergleiche

„Ulyfs den Riefen, der an Macht

„Dreyhundertmal ihn übertraf, mit Einem
Streiche,

„Nicht ohne Muth vollbracht: (*)

„Also befieget euch, auf eure Liften

„Und Punifchen Betrug entbrannt,

„Ein Held, den Pallas und der Brennen
Friedrich rüften,

„Der Gwelfe Ferdinand;

(*) Odyffee, IX. 381. u. f.

„Und so mit ewig unerschöpftem Witze

„Verhöhnt er euch, die ihr den Streit

„Durch stärkre Heere, Wälle, donnernde
Geschütze

„Zu führen muthig seyd,

„So bald sein himmlisch Feuer wenig
Britten

„Und Deutschlands jugendlichen Rest

„Beseelt: ein Wunder allen, welche Kre-
felds Hütten

„Bewohnen, und das Nest

„Des hohen Roncevalls, und die Gefilde

„Wodurch der Esse Giefsbach rinnt. (*)

„Hier sahen euch, gelehnt auf ihre goldnen Schilde,

„Sein Ahnherr Witekind,

(*) Krefeld, ein Flecken in Westphalen; Roncevall,
der alte Name eines Berges bey Minden, worauf Witekind ein festes Schlofs gehabt hat; Esse, ein kleiner
Flufs bey Grebenstein in Hessen

H 5

„Und der Cheruskerfürst, der grofse
       Schatten
„Des Legionentödters fliehn:
„Zehn Parafangen hinter eurer Flucht
       die Matten
„Voll Raub und voll Ruin.

„Vergeblich flieht ihr diefen Feind,
       gefchwinder
„Als Kraniche den Adler; fetzt
„Vergeblich zwifchen euch und euren
       Ueberwinder
„Jetzt Berge, Ströme jetzt:

„Auf ungezähmten Roffen, mit der
       Flamme
„Des Schwertes, zürnet hinter euch
„Ein zweyter Ferdinand (*) aus diefem
       Götterftamme,
„Dem Sohn der Thetis gleich;

(*) Der Erbprinz von Braunfchweig.

„Nicht wundenfrey, doch unverkürzt
   an Jahren:

„(Geh, lebe! war der Parze Schluſs,

„Nach deinem Vater ſpllt ein Kriegesgott der Schaaren

„Am ſtillen Ockarus.)

„Ihm folgen ſeine Brüder; alle
   glühen

„Nach Ehre: Kriegesdonner, wic

„Die Scipionen, und im Frieden, von
   Thalien,

„Geliebet, ſo wie ſie.

„Ein Eigenthum durch alle Folge-
   zeiten

„Von Braunſchweigs Helden: jeder ſpannt

„Des Gottes Silberbogen und des Gottes
   Saiten

„Mit gleich geübter Hand.

„Und dennoch übersteigt so weit und
weiter

„Des Herzens Güte diesen Werth,

„Als jenen Sonnenball der große Tag,
der heiter

„Durch alle Himmel fährt.„ (*)

So, gleich Arions Liede, gleich dem Liede,

Das tief im Meer Delphine zwang,

So, Gwelfe, dir zum Ruhm, zum Hohn
dir, Burbonide,

Teutoniens Gesang. —

Du stehst beschämt, o Burbons Enkel? —
Höre

Ein nie zuvor geräumtes Glück:

Des Britten schwacher Kriegesdämon giebt
dir Ehre

Und Land und Meer zurück.

(*) Als das Licht, das die Sonne rund um sich her
ausbreitet, den eigentlichen Sonnenkorper: das heißt,
als der Umkreis den Mittelpunkt, oder, nach dem ge-
wöhnlichen Gleichniß, als der Himmel die Erde.

XXX.

Der Triumph.

Schäme dich, Kamill,

Dafs du mit vier Sonneupferden

In dein errettetes Rom zogft!

Und du, Romulifcher Feinde

Glücklicher Sieger, o Julius,

Dafs dich, mit goldenen Städten und
Schlachten,

Und mit Adlern und Spolien

Deiner Brüder umgeben,

Zum hohen Kapitol dein stolzer Wagen

trug. —

Friederich, ein Prinz der Brennen,

Ward angefallen von Völkern Hungariens,

Von Illyriens Reitern und Daciens:

Alle dem Zepter der Königinn zinsbar,

Die Vindobonens saatenreiche Fluren,

Und Austrasiens Auen beherrscht,

Und der Bajonen Gebirge,

Und Hesperiens goldene Gärten;

Dieser erhabenen Fürstinn,

Deren Wohlfahrt vom Himmel in

Sieben Sprachen erflehet wird;

Deren Heere, geführt vom Stab' Eugens,

Ehmals unbezwinglich, — und itzt

Verbunden waren mit allen, die

Am Mäotifchen, Kafpifchen, Finnifchen

Sunde wohnen, den rauhen

Samojeden, den Oftiaken,

Und dem Tartar am Sangarflufs:

Einer Monarchinn dienftbar, Einer,

Die den weiten Umkreis

Ihrer Welten nicht kennt.

Auch trat zu ihnen der Söhne Sarmatiens

Selbfterwählter König,

Und ftellte feine Sachfen, ein treues Volk,

Mitten auf den Pfad des Siegers,

Unter eine Felfenburg.

Und die hohen Satrapen Germaniens

Fie'en zahlreich dem Bunde bey.

Und die theuer erkauften Suenonen

Drangen aus dem beeiften Norden hervor:

Enkel der Helden, mit denen ein Jüngling

Europen und Afien fchreckte.

Und Gallien, das an zwey Meeren thront,

Deffen Fahnen und Wimpel

Unter allen Himmeln wehn,

Liefs feinen Schwarm aus,

Gleich dem Heere fchwirrender Grillen,

Die vor fich her ein blühend Land,

Und hinter fich Wüften fehn. —

Aber, Thalia, lafs ab

Die Flotten und Fufsknecht' und Reiter

zu zählen!

Friederich, so sage, bekriegt

Von scheelsüchtigen, oder getäuschten,

Oder gezwungenen Fürsten,

Kehrte, nach sieben blutigen Jahren,

So mächtig zurück, als er auszog,

Nur an Ehre grösser,

Und triumphirte nicht. —

Siehe! er lenkt unsern Ehrenbogen aus,

Und unsern goldbehängten Rossen,

Und besteigt den pralenden Wagen nicht;

Denn sich selbst mit eines Gottes Zufriedenheit

Ansehn, ist der Triumphe

Allerhöchster. — Und des Dichters

Allerhöchster Triumph ist,

Diesen König besingen.

I

Drum schweige du nie von ihm, mein Lied,

Stolzer, als der Ceïsche

Und der Thebanische (*) Päan:

Keinem Golde feil,

Auch selbst dem seinigen nicht.

Und ob er auch diesen Triumph verlenkt,

Und, deiner Töne nicht gewohnt,

Sein Ohr zu Galliens Schwänen neigt:

So singe du doch den Brennussöhnen

Ihren Erretter unnachgesungen.

(*) Aus der Insel Cea war der Poet Simonides, aus
Theben war Pindar gebürtig.

XXXI.

An den Generalleutenant, Freyherrn von Buddenbrock.

Bey Ueberſendung einiger heroiſchen Oden.

———

Der du den Kriegesgeiſt in der Ge-
    ſchichte liebeſt
Und in der Poeſie;
Und Deutſche Redlichkeit bey Welſcher
    Klugheit übeſt,
(Die ſchwerſte Harmonie!)

Empfiehl, o Buddenbrock, mir nicht
  die Heldenföhne
Von Sparta, Rom, Athen;
Verlange nicht durch mich auf väterlicher
  Scene
Dein Lieblingsvolk zu fehn.

Ein Dichter, unerlöft von fremder Sor-
  ge, finget
Ein leichteres Gedicht;
Kornelljeus Diadem, Voltärens Kranz er-
  ringet
Der müde Kämpfer nicht.

Als Ludwigs Maler (*) fich des jüngern
  Ammons Züge
Durch Kodomannus Land
(Dem ftolzen Gallier ein Vorbild eigner
  Siege!)
Zu fchildern unterwand:

(*) Le Brun.

Da richtete fein Arm nicht Fechter ab,
    nicht Schützen,
Erzog nicht Rofs und Mann;
Denn Künfte diefer Art, wie fehr fie
    Kriegern nützen,
Stehn taufend Händen an.

Und hätt' ihm fein Geftirn ein doppelt
    Loos befchieden:
Dann wär' er früh erbleicht,
Dann hätt' er Babylon mit feinem Phi-
    lippiden
Nicht im Triumph erreicht.

Freund deines Königes, nimm kleine
    Siegeslieder,
Nimm, was ich geben kann,
Ein Opfer Friederichs und feiner tap-
    fern Brüder,
Mein achtes Luftrum, an!

XXXII

Abschied

von den Helden.

===

Nicht Friedrichs Helden, welche der
Brenne liebt,
Schwerin und Heinrich, Bevern
und Winterfeld,
Nicht jeder Gwelfe nur und Seidlitz
Sind der gewaltigen Hymne würdig.

Auch ihr, der Staaten friedliche Wächter,
habt
Ein hohes Recht an unsern geflügelten
Gesängen; auch der tapfre Richter
Mächtiger Frevel und armer Unschuld;

Auch deren Geist dem immer erneuerten
Geschlecht der Menschen Güter und Künste
fand;
Auch wer allwachsam seinen Bürgern
Ueberfluss, Sitte, Gesundheit mittheilt.

Noch viele goldne Pfeile ruhn unversucht
Im Köcher eines Dichters, der frühe schon
Sein Leben ganz den liederreichen
Schwestern Uraniens angelobt hat;

Der, hoffend auf die Krone der Afterwelt,
Den bürgerlichen Ehren entsagete:
Der alle Wege, die zum Reichthum
Führen, verliess: ein zufriedner Jüng-
ling.

Verleiht, bevor dieſs Haupthaar der Reif
umzieht,
Ein guter Gott mir Einen Aoniſchen
Mit Bächen und Gebüſch durchflochtnen
Winkel der Erde: ſo ſollen alle

Durch alle Winde fliegen, den Weiſeſten
Ein ſüfser Klang, dem Ohre des blöden
Volks
Unmerklich. — Ungeſchwächt ſoll ihre
Töne der Brittiſche Barde trinken;

Sie ſollen hell den Himmel Auſoniens
Durchwirbeln; (dort war ehmals ihr Va-
terherd!)
Auch Galliens vergnügter Sänger
Höre den Nachhall, nicht ohne Scheel-
ſucht.

XXXIII.

Die Jahresfeyer.

Nymphen dieſer Flur, und ihr jungen Hirten,

Wißt ihr, wem ich heut unter braune Myrthen

Späte Roſenblüthe band,

Und, ihn feſtlich zu bewirthen,

Frühe Purpurtrauben fand?

Wem ich diefes Beets düftende Me-

lone,

Diefes Feigenbaums Honigfrüchte fchone,

Diefen Fremdling Ananas

Mit der königlichen Krone?

Unferm trauten Lycidas.

Hier ift heut fein Feft; hier, wo fchlan-

ke Linden

Mit Akacien fich vertraut umwinden

Und ein weites Laubdach ziehn,

Sollt ihr heut gekränzt ihn finden,

Seine Dorilis und ihn.

Kennt ihr Dorilis? Hefpers heller Kerze

Gleicht ihr Aug', ihr Haar ift von Adler-
schwärze,

Rofenhaft ihr Mund, ein Thron

Taufend zephyrlicher Scherze,

Ihre Stimm' ein Lautenton.

Einft that die Natur zu dem fchönften Bilde

Weisheit, fchlauen Witz, Edelmuth und Milde,

Wollte nun ein Knäbchen baun,

Und dem Brennifchen Gefilde

Diefen Liebling anvertraun;

Bald besann sie sich: Sind es nicht fünf
Jahre,

Seit ich solchen Sohn schuf und aufbe-
wahre?

Nein, ein Weibchen werde diefs,

Das mit ihm sich künftig paare!

Sehet, so ward Dorilis.

XXXIV.

Ptolomäus Evergetes und Berenice.

1 7 6 5.

***

Ptolomäus.

O Berenice! fchöner, als der Morgen,

Für mich geboren, lange mir verborgen,

Ich fahe dich, ich liebte dich:

Doch ach! was fühlteft du für mich?

Berenice.

Ich fühlte deine feuervollen Blicke,

Und wandte schnell die meinigen zurücke:

Schon traut' ich ihnen selbst nicht mehr;

Denn ach! sie liebten dich zu sehr.

Ptolomäus.

Nach dir kann nichts hinfort mein Herz
gewinnen,

Nach dir auch nicht die schönste der Göttinnen:

Vergeblich böte sie mir heut

Mit ihrer Hand Unsterblichkeit.

Berenice.

Vor dir hat nichts mein junges Herz

gerühret;

Nun würde dirs durch keinen Gott ent-

führet,

Und gäb' er mir, mit feiner Hand,

Die Gottheit über Meer und Land.

Ptolomäus.

Ach! willst du mir nicht bald dein zwey-

tes Leben,

Dein Ebenbild in einer Tochter ge-

ben?

Nicht diefer Augen fchlauen Witz?

Nicht diefen Mund, der Suada Sitz?

Berenice.

Dein sey das Ebenbild des ersten
Sohnes!
Wann dich dereinst die Sorgen deines
Thrones
Aus meiner Arme Banden ziehn,
Umarm' ich doch, statt deiner, ihn.

Ptolomäus.

Wenn mich und dich die Göttinn Isis
liebet,
Und mir dein Bild in einem Sohne
giebet:
So bring' ich diese Schal' ihr dar,
Die Zeuginn unsres Bundes war.

Berenice.

Und wenn die Götter mir dein Bild
verleihen,

So will ich ihnen diese Locke weihen,

Die funfzehn oder sechzehn Jahr

Die Zierde meiner Scheitel war.

Ptolomäus.

Ach! soll ein Stal diefs schöne Haar
verletzen,

So müfs' ein Gott es an den Pol verfetzen;

Dort ift der Raum noch nicht gefüllt,

Dort flamm' es als ein Sternenbild.

K

Berenice.

Bis in den Himmel fliege deine
Schale!

Dort werde sie, bey jedem Freudenmahle,

Voll Nektar, der die Götter tränkt,

Und voll Unsterblichkeit geschenkt.

Ptolomäus.

Wann, spät nach mir, dich selbst der
Himmel fodert,

Dann thronest du, wo deine Locke
lodert:

Der ganze Norden ehret dich;

Doch lange nicht so sehr, als ich.

Berenice.

Mit mir zugleich geneuſs im Sternen-
saale

Den Göttertrank aus deiner goldnen
Schale.

Geliebter! kann er süſser seyn,

Als dieser hochzeitliche Wein?

XXXV.

Auf den Tod des Preußischen
Prinzen
Friedrich Heinrich Karls.

1 7 6 7.

Der du von dem zerfallenden

Staub', in den du gesenkt, Keine der
Wissenschaft

Auf der Unterwelt sammeltest,

Unsern Hoffnungen ach, allzufrüh! himmelan

Strebſt, ätheriſcher Genius,

Des unendlichen Weltgeiſtes unſterblicher

Ausfluſs! — wenn du nicht eileſt, das

Unermeſsliche, nicht eileſt, die Wunder in

Jeder Sonnenwelt auszuſpähn,

Oder itzo nicht ſchon Bürger der näch-
ſten biſt:

O! ſo rufet der fromme Mund

Eines Barden dich an, dem du hienie-
den oft,

Da du Friederich Heinrich warſt,

Huldreich lächelteſt: Sey deines dich liebenden

Vaterlandes allwaltender

Schutzgeiſt! Treibe den Keil feindlicher
Donner von

Seinen Feldherrn im Streit zurück.

Sitze nächtlich am Haupt junger Gekrö-
neten:

Zeige diesem den goldenen

Fallstrick, den ihm ein Sklav eines be-
nachbarten

Königs legte; nimm jenem den

Nebel von dem Gesicht, daſs er die red-
lichen

Weisen sehe, von denen er

Lerne Bündnisse klug schliefsen, und un-
verrückt

Halten; Schätze des Staates und

Seiner Bürger zugleich mehren; den
Ueberfluſs

In die prächtig erweiterten

Städte bringen, und Recht, Freyheit und
Sicherheit

In das völkerbefuchte Land.

Ruf' es allen im Ton ernfter Orakel zu:

Nie von Sitt' und Gefetze fich

Loszufprechen; noch hochmüthig in glei-
cher Wag'

Ihr Vergnügen zu wägen und

Eines Sterblichen Weh. Lehre fie, jün-
gerer

Halbgott! dafs fie den Namen des

Biederfürften noch mehr, als des Ero-
berers,

Achten; dafs fie den höchften Ruhm

In des Vaterlands Ruhm fuchend, ein trä-
ges Volk

Zu dem erften der Welt erhöhn.

Doch erft trockne die noch fliefsende
Zähre des

Unausſprechlich dich liebenden

Bruders (*)! Hemme den Schmerz deiner
dich rufenden

Schweſter (**)! Heile des Königes

Bittre Wunde, die gleich ſpaltenden Blitzen dein

Fall in ſeine Gebeine ſchlug!

Schaffe Ruhe der laut weinenden Königinn!

Die von Ohnmacht in Ohnmacht ſinkt,

Deiner Mutter, verleih Thränen der Lin-
derung!

. (*) Des Kronprinzen von Preuſsen Friedrich
Wilhelms, der ſich weder die anſteckende Krank-
heit, noch die Hitze der Jahreszeit, noch die Ermü-
dung von der Muſterung der Armee, abhalten lieſs,
ſeinen allezeit geliebten Bruder mit Gefahr ſeines eigenen Lebens zu beſuchen.

(**) Der Prinzeſſinn Friderika Sophia Wil-
helmina, nachher vermahlten Prinzeſſinn von Ora-
nien, Erbſtatthalterinn der vereinigten Niederlande.

XXXVI.

An die Liebe.

1 7 6 8.

—

Liebe, die du Götter oft um Schäfer
tauſcheſt,
Lieber unter Lauben und auf Bluhmen
lauſcheſt,
Als Paläſte ſucheſt und aus Golde trinkſt
Und auf Zedern tanzeſt und auf Sammet
ſinkſt!

K 5

Einen Prinzen höre, von den Gwel-
    fusföhnen,
Die noch nicht die Sitten goldner Zeiten
    höhnen,
Die noch warmes Herzens, ohne Falſch-
    heit ſind,
Ohne Stolz im Purpur, liebreich, wie
    dein Kind.

Höre dieſen Feldherrn, den Thalia liebet,
Dem ſie von den Künſten alle Blüthe giebet,
Dem ſie gütig folget in die Männerſchlacht,
Fröhlich zu der Feyer einer Gallanacht.

Deinen Friedrich höre, der dir in
    drey Zungen (*)
Lieder ſang, die ſüſser dir kein Fürſt
    geſungen;
Itzt dir hundert Opfer als ein Sieger bringt,
Der in Roſenſeſſeln eine Fürſtinn (**) zwingt;

(*) Wir beſitzen von dem Prinzen Friedrich
Auguſt von Braunſchweig in der Deutſchen,
          Ita-

Eine, die an Jugend, und an Witz und
    Sitte,
Und an Reiz, an Liebreiz der Huldin-
    nen dritte,
Deines reizen Feuers, deiner Gottheit voll,
Bald mit Amoretten ihn beglücken foll.

Göttinn, unter Flöten, unter Silber-
    faiten,
Die der Viadrinnen Jubellied begleiten,
Steig' herab, und kofte feinen Opferwein!
Steig' herab, und athme feinen Weih-
    rauch ein!

Italiänifchen und Französischen Sprache Werke des
Witzes, der Staatskunft und der Weltweisheit.

(**) Friderika Sophia Charlotte, Prinzef-
finn von Würtenberg - Oels in Schlefien.

XXXVII.

An den Kaiſer
Joſeph den Zweyten.

1 7 6 9.

Von deinen Siegen, Cäſar Germaniens,

Singt mein gerechtes Loblied den erſten
Sieg:

Wie du, zu groſs dem Eifergeiſte,

Preuſsens erhabenen König auffuchſt;

In Landen auffuchft, welche fein Helden-
fchwert

Von deinem Erbreich hiebevor trennete;

In ihm den weifen Vater ehrend,

Einen dir ähnlichen Freund eroberft;

Und feiner Feldherrntugenden höchfte dir

Erftrebft, dein weites Reich zu befeftigen,

Ihn felber nimmer zu bekämpfen: —

Jofephs des Völkererhalters Eid-
fchwur. —

O! deiner Thaten erfte ftralt herrlicher

In eines Gottes Augen, als Ilions

Und Babylons Eroberungen,

Oder die Schlachten der Zengiskane.

Geh nun in deiner rühmlichen Laufbahn
fort;

Und leuchte künftig, (unter der glänzenden

Gekrönten Reihe deiner Ahnherrn

Grofs in den Künften der Triumphirer,

In allen Friedenskünften der Gröffere:)

Gleich diefes Erdballs Sonne, bey taufenden

Des grünzelofen blauen Aethers,

Sichtbar allein und allein erwär-
mend.

XXXVIII.

An die Venus Urania.

Berlin, den 2. November, 1770.

Göttinn Liebe, dir weiht heute dein
Agathon,
Unfres Cyneas (*) Sohn, feinen vollen-
deteu
Tempel: zeuch in dein Haus, Venus
Urania,
Erftgeborne des Himmels, ein!

(*) Der weife Staatsmann und Vertraute des Königs
Pyrrhus hieß Cyneas.

Freude hüpfe dir vor, Unschuld be-
gleite dich,
Unauflöslich vereint folge dir, Arm in Arm,
Holde Sanftmuth und nie täuschende Wahr-
heit und
Unbeftechliche Treue nach.

Keine reinere Hand brachte dir Weih-
rauch dar,
Als dein Diener und Freund, mit ihm
Arfinoë,
Ihm an Tugenden, ihm gleich an erhab-
nem Geift,
Ihm an beiderley Grazien.

Keinen heiligern Sitz beut dir ein
fterblich Paar;
Schaudernd wird ihn, ihn wird ewig die
fchmeichelnde
Aftergöttinn, nach dir fälfchlich genannt,
und ihr
Unholdinnengefolge fliehn:

Frechheit blutlos von Stirn , Reue mit
    ſchlafender
Natter, Falſchheit verlarvt, Eiferſucht im-
    mer wach,
Und mit raſendem Dolch und mit Me-
    deïſchem
Becher Rach' und Verzweifelung;

Wann der ſchädliche Trupp aus den Heſ-
    periſchen
Myrthen, oder von dir, eitles Lutetien,
Auszeucht, oder den Weg aus dem Au-
    ranzien -
Hain der heiſsen Iberer nimmt,

Durch Teutonien irrt, dort ein beglück-
    tes Volk
Zu verderben, das noch ſittſame Töchter
    zeugt,
Noch vom beſſeren Blut Siegmars (*) ent-
    ſproſſene
Biederherzige Söhne nährt.

(*) Siegmar war der Vater Hermanns, des Heerfüh-
rers der Deutſchen und Ueberwinders der Römiſchen
Legionen.

L

Aber täglich begrüſst dich die Gerech-
tigkeit,
Die nun unter uns bleibt; dich die tief-
forſchende
Weisheit, leichtes Geſprächs; dich die
verſchwiegene
Freundſchaft, deinen Huldinnen gleich;

Immer wechſelnd beſucht jede der Muſen
dich;
Und zur glücklichen Zeit eilet die hel-
fende
Muttergöttinn herbey, daſs ſie die Lieb-
linge
Deines Buſens verewige.

Nimm dein Heiligthum ein, Tochter des
Himmels! hier
Sey dein erſter Altar! wohne bey dieſem
Stamm,
Bis im Jahrbuch der Welt Friedrich,
der Brennen Stolz,
Und am Himmel die Sonne ſtirbt.

XXXIX.

An Philibert

1771.

Des Patrioten Muße, mein Philibert,
Haßt eitle Selbstsucht, eifert um Vor-
  rang nie:
Stolz auf des Vaterlandes Ehre,
  Heischet sie Kränze für ihre Schwe-
    stern.

Sie fröhnet nie dem Glück, das ererbet
ward,

Dem unverdienten Ehrenamt nie; sie drängt

Sich nicht mit heuchlerischem Weihrauch

Schamlos zum Throne der Erdengötter.

Sie singt, dem Neide willig verborgen, bald

Die Grofsmuth Josephs, bald der Ge-
rechtigkeit

Und Gnade Bündnifs in der weisen

Heldinn Rutheniens, Deutschlands Tochter;

Vor allen Einen göttlichen Bürgerfreund,

Der Häuser, Künste, Sicherheit rings
umher

Dem Volke schenket; unbekümmert

Um der Kurzsichtigen Dank und Un-
dank.

Der jüngst die kargen Felder dem Acker-
mann
Aus eignem Füllhorn reichlich befruchtete;
Dem Fleiſs entnervter Landesſaſſen
Königlichmilde ſein Schatzhaus auf-
that;

Gefallner Kriegesoberſten darbende
Verſteckte Wittwen ſpeiſete, kleidete:
Selbſt mäſsig, wie ſein Antonin, und
Ohne den Kleiderprunk weicher Bar-
barn.

XL.

Rede

am sechzigsten Geburtstage

des Königs,

den 24. Januar, 1772.

(Gehalten von einer Schauspielerinn auf dem Deutschen Theater zu Berlin.)

=====

Heil dir, erhabene Stadt, der Städte
    Königinn, Heil dir!
Dein geliebter Monarch besteigt des höheren Alters
Erste Staffel, und wird die ganze Leiter des Lebens
Mit erneuerter Stärke (diess sagt mir dein
    Schutzgott!) vollenden. —

Wonne durchströme sein Herz, wann
    heute sein ruhiges Auge

Nach den Aernten von Ehren auf seiner
    Laufbahn zurücksieht,

Und ihm sein Alter das Alter von zehen
    Königen dünket.

Willst du sie zählen? — Wie kannst du sie
    zählen, die seligen Aernten

Dieses Fürsten, der keinen Schritt that, wo
    nicht ein Lorbeer,

Wo nicht ein Amarant aus seinem Fufs-
    tritt emporstieg!

Der, mit dem ersten Blick vom neuen
    Throne, den Mangel

Seines Volkes ersah, die Speicher der
    Krieger ihm aufschlofs,

Und sein Opfer empfieng, von Freuden-
    thränen ein Opfer.

Der ein Kriegesheer fand, von keinem
    Monarchen gefürchtet:

Und mit diesem ein Heer gewöhnt zum
 Siege besegte,
Und sein Erbe gewann, und die Fessel den
 Leidenden (*) abrifs.
Der ein Königreich fand, aus dem die
 sanfteren Künste,
Scheu vor den wilden Waffen, entflohn:
 und der alle zurückrief;
Städte weites Umfangs mit dichten Palä-
 sten erfüllte,
Meilenlange Wüsten mit Saaten und Heer-
 den und Hütten.
Der die Hadersucht fand, aus deren zer-
 schlagenen Köpfen
Sieben neue wuchsen: und seiner Themis
 ein Schwert gab,
Das mit jedem Streich Ein Haupt auf ewig
 Ihr abschlug.

(*) Den Protestanten.

Siehe! noch ſitzen im Tempel der Göttinn:
    Wahrheit, und tiefe

Wiſſenſchaft, unermüdeter Fleiſs, und Liebe
    der Menſchen,

Führen die Wage noch, und entfernte
    Völker begehren

Hier gewogen zu ſeyn. Noch ſuchen Ger-
    maniens Aerzte

Seiner Aerzte Beyſtand. Noch zünden im
    Heiligthum Gottes

Seine Lehrer die Fackel der halb erloſch-
    nen Vernunft an,

Und erleuchten die Welt und die Nahwelt.
    Noch ſind die Feldherrn,

Unter ihm gebildet, der Fürſten Eifer-
    ſucht; noch ſind

Seine Heere das Muſter am Rhodan, und
    Iſter, und Oby. —

Du, ſchon als Jüngling, gekrönt von der
    Weisheit, und Staatskunſt, und Muſe!

Du, mit dem Sternengürtel zwölf herrli-
      cher Siege gegürtet!

Du, dem der stolze Monarch der Thra-
      cier, Syrer, Egypter,

Boten sendet und Opfer! o Friedrich!
      den zu bewundern,

Den zu lieben, das Haupt des Deutschen
      fürstlichen Diwans

Jüngst den Thron der Väter verließ; den
      Antonia, Sachsens

Angebetete Fürstinn, mit Hymnen besuchte,
      wie Saba's

Königinn einst mit Räthseln den weisen
      König Idumens!

Du, der noch heute der kaum geträume-
      ten Wollust geniesset,

Sveciens Königinn an sein Herz zu
      drücken, die Schwester

Seiner Seele, die Mutter zukünftiger Nor-
      discher Helden!

Erſter der Sterblichen! o! geneuſs
    der Freuden und Ehren

Bis zu der höchſten Stufe des menſchli-
    chen Lebens! und ſiehe

Mit dem allgütigen Auge, das tauſend
    Talente beſeelet,

Auf die Dichter Deutſchlands herab, die
    Jünger Thaliens

Und Melpomenens, daſs ſie die Palme den
    Fremden entreiſsen;

Und der ganze Norden, der itzt die Bar-
    den der Enkel

Hermanns zu hören begehrt, in deiner
    Auguſta ſie höre;

Hier, vor unſerer Bühne, die Sprache des
    Heldenvolks höre;

Hier die Diener des Staats, nach der Arbeit
    des Tages, ſich ausruhn;

Hier die Töchter des Landes, ſtatt minde-
    rer Spiele, den beſſern

Witz, den feinern Geſchmack, und die
    Spiele der Weiſen erlernen;
Jede Thorheit der Völker, Geſchlechter
    und Stände belachen,
Jede leidende Tugend mit Thränen be-
    ſchenken, und alle
Helden bewundern, die dir, o Vater
    des Vaterlands, gleich ſind.

Oden

aus dem Horaz.

Verzeichniſs der Oden aus dem Horaz.

I.

Lob des Bacchus.

Ich ſah den Bacchus! (Afterwelt, ſag'
es nach!)
Von fernen Felſen hallte ſein hohes Lied;
Dryaden ſah ich, und mit ſpitzen
Ohren bockfüſsige Faunen lauſchen.

M 3

O Evohe! mir schaudert die Seele noch!

Ich fühle noch voll seliger Trunkenheit

Den Gott im Busen! ››› Schone, Liber!

Schone, du schrecklicher Thyrsus-
schwinger!

Gern will ich singen, wie die Thyade raf't,

Und wie der Wein von Klippen herun-
terrinnt,

Die Milch in Bächen fleufst, und Honig

Aus der gespaltenen Eiche strömet;

Wie deiner Gattinn Krone, der neue
Stern,

Am Himmel brannte; wie du des Pen-
theus Wut

Durch seiner Kerker Umsturz höhnteft;

Wie du den Thracischen Frevler auf-
riebft.

Dir weichen Ströme, Meere gehorchen dir;

Dir ist die Natter giftlos, mit welcher du

Das Haar der Bistonide bändigst,

Wann sie, dir nach, von den Ber-

gen taumelt.

Du warfst den Rhökos, der mit rebelli-

schen

Giganten deines Vaters Burg stürmete,

Mit Löwenklauen durch den Aether,

Und mit entsetzlichem Löwenrachen.

Zwar wähnten dich die Spötter zum Rei-

hentanz,

Zum Scherz und Spiele williger, als zum

Kampf:

Allein du wiesest dich im Frieden

Und im Getümmel der Schlacht gleich

rüstig.

Dir goldgehörntem Gotte ward Cerberus

Urplötzlich friedsam, lief dir mit regem
Schweif

Entgegen, leckte mit drey Zungen

Sanft dir den Fuſs, da du wieder
auffuhrſt.

II,

An die

Leyer des Merkurius.

—

O Merkur, du Meister Amphions! (Steine
Fühlten seine Lieder!) und du, gewölbte
Leyer, unterwiesen auf siebenfacher
    Saite zu tönen!

(Ehmals stumm und unwerth, forthin den frohen

Festen und den Tempeln der Götter heilig')

Gieb mir Weisen an, die das Ohr der harten

Lyde gewinnen!

Gleich dem jungen Füllen auf offner Wiese,

Spielt sie noch und gaukelt, scheut jeden Angriff,

Hochzeitlicher Freuden nicht kundig, kei-nem

Manne gebändigt.

Tieger sind dir folgsam, du führest Wälder

Mit dir fort, und hältest den jähen Strom auf.

Deinen Zaubertönen wich selbst der Hölle

Heulender Hüter:

Ob um sein scheußeliges Haupt gleich hundert

Blaue Schlangen zischen, sein Schlund die Pest haucht,

Und ihm Gift und Geifer von dreygespaltner

Zunge herabrinnt.

Selbst Ixion, Tityos selbst verzog sein

Angesicht zum Lächeln. Dein süßes Vorspiel

Ließ die Danaïden, auf kurze Zeit, der

Urnen vergessen. —

Lyde mag nur hören der frevelhaften

Jungfraun Strafe: lechzende Fäßer, ewig

Angefüllt, und ewig geleeret; mag nur

Hören die Rache,

Die den Missethäter im Orkus aufsucht:

Die Verruchten, (war auch ein Laster
        schwärzer?)

Die Verruchfen drückten in ihrer Männer
        Busen den Mordstal.

Eine nur von vielen (*), der Fackel Hymens

Würdig, täuschte glorreich den ehrenlosen

Vater, und den Namen der Heldinn nennt
        die

        Ewige Nachwelt.

Auf! mein Freund! so sprach sie: verlaß
        dein Lager,

Ehe dich ein Schlaf, den du nicht befahrest,

Ueberfällt! fleuch eilend den Schwäher!
        fleuch die

        Rasenden Schwestern!

(*) Hypermnestra.

Graufam, wie die Löwinn ein junges
Reh würgt,
So zerfleifchet jede jetzt ihren Gatten.
Ich, zu fanft, verletzte dich nicht, und
will die
Thore dir aufthun.

Mag mich doch mein Vater in ehrne Bande
Legen, weil ich gütig des theuren Jünglings
Schonte; mag er doch mich ans Land der
wilden
Lybier werfen:

Geh, wohin dich Schenkel und Winde
füh-ren,
Nun die Nacht dich fchützt und die Lie-
be! geh mit
Aller Sterne Beyftand! und weihe deiner
Gattinn — ein Grabmaal!

III.

Neujahrsgeſchenk

an den

Kajus Marcius Cenſorinus.

Cenſorinus, auch ich ſpendete Becher aus

Und Korinthiſches Erz; theilte mit mil-
der Hand

Manchen Tripus (den Preis tapferer Griechen!) aus;

Und vor allen bekümſt du von dem Dichter ein

Unverächtlich Geſchenk: wär' ich an ſol-
cherley

Kunſtwerk reich, wie Parrhas, oder wie
Skopas ſchuf,

Dieſer, glücklich in Stein, jener, mit
Farbe bald

Menſchenkinder und bald Gütter zu kon-
terſeyn.

Doch mein Reichthum iſt dieſs nicht, noch
bedarf dein Haus,

Noch begehret dein Herz dieſer Kleina-
dien:

Lieder reizen dich nur, Lieder kann Flak-
kus dir

Schenken, und für den Werth ſeines Ge-
ſchenkes ſtehn.

Nicht die Mäler des Danks, die wir in
Marmor haun,
Und durch welche der Held Leben und
Athem im
Tode wieder empfängt: nicht die Flucht
Hannibals,
Und sein drohendes Heer sinnlos zurück-
geschreckt,
Nicht das Punische Feld brennend, und
brennend das
Meer (a), verherrlichen den, welcher
von Afrika
Seinen Namen, den Lohn seiner Ero-
berung,
Mit sich brachte, so laut, als die Kala-
brischen
Pierinnen. — Wer zollt, wenn sie kein
Lied bekennt,

(a) Man sehe die erste Anmerkung am Ende der
Horazischen Oden.

Deiner Tugend ihr Lob? Mavors und Iliens

Sohn was wär' er für uns, hätte Ver-
geffenheit

Sein erhabnes Verdienſt neidiſch der Zeit
entrückt?

Aus dem Stygiſchen Pful rettet den Aeakus

Die bezaubernde Kunſt mächtiger Dichter, und

Giebt ihm Recht und Gericht über Ely-
ſium.

Ja, die Muſe, mein Freund, lohnt mit Un-
ſterblichkeit

Jede würdige That. Selber der Himmel iſt

Unſrer Muſe Geſchenk: Herkules trinkt
durch uns

N

An der Tafel des Zevs; Söhne des
Tindarus,

Euer helles Gestirn reißt den zerschell-
ten Kiel

Aus den Schlünden des Meers; Liber,
die Schläfe mit

Weinbeerlaube gekrönt, lebt und nimmt
Opfer an.

IV.

An den Auguſtus.

Du, vom Himmel geſandt, du des Ro-
muliſchen

Volkes Genius! ach! lange ſchon fern
von uns!

Komm! verzögre forthin deine den Vä-
tern längſt

Angelobete Rückkehr nicht!

Gieb dem Lande fein Licht wieder, o be-
              fter Fürft!
Wann dein Antlitz uns lacht, gleich der
              allgütigen
Frühlingsfonne: dann fliefst fanfter der
              Tag dahin,
     Und die Stunden verjüngen fich.

Wie die Mutter den Sohn, welcher fchon
              über die
Gute Jahrszeit verzeucht, weil ihn noch
              Afrikus
Am Karpathifchen Meer von der gelieb-
              teften
     Hütte neidifch zurücke hält,

Mit Gelübden erfleht, träumend ihn kom-
              men fieht,
Wachend immer den Blick nach dem Ge-
              ftade lenkt:
So voll Sehnfucht, und fo fuchet voll Zärt-
              lichkeit
     Seinen Cäfar das Vaterland.

Durch ihn trabet der Stier ſicher die Fluren durch:
Ceres ſegnet die Flur, Ueberfluſs krönt
das Jahr;
Friedlich flieget im Meer Segel bey Segel hin:
Unverbrüchliche Treue gilt.

Kein Zerſtörer der Zucht ſchändet ein
edles Haus:
Weder Sitte noch Recht duldet den Frevel; kein
Ungleichartiges Kind ſchimpft die Gebä-
rerinn: (b)
Schnelle Strafe verfolgt die Schuld.

Ha! wen kümmert wohl noch Parther und
Scythe, nun
Cäſar lebet? wen ſchreckt, wildes Ger-
manien,
Deine raſende Brut? oder Iberiens
Unerſättliche Kriegesſucht?

Seine Tage verlebt jeder im eigenen

Berge, paaret den Wein mit dem ver-
lafsnen Ulm,

Kehret heim, hält fein Mahl fröhlich, und
bringet fein

Abendopfer dem neuen Gott.

Zu dir betet er, dir geufst er den erften
Moft

Aus den Schalen, und ftellt neben die
Götter des

Vaterherdes auch dich, dankbar, wie
Gräcien

Seinen Kaftor und Herkules.

Lange gönne diefs Feft deinem Hefperien;

Befter Vater und Fürft! fagen wir Nüch-
terne,

Wann der Morgen uns weckt, fagen wir
Trunkene,

Wann die Sonne meerunter geht.

V.

An Melpomenen.

Wem dein Auge, Melpomene!

Einmal bey der Geburt gütig gelächelt hat,

Der erringet den Isthmischen

Sauren Ehrenkranz nicht; keine geflügelten

Roſſe reiſsen den Sieger mit

Elis Wagen ums Ziel; weder Sturm, weder Schlacht

Führt in Deliſchem Laube den

Feldherrn, weil er den Stolz drohender
Könige

Beugte, glorreich zum Kapitol.

Aber, Quellen im Thal! aber, ihr däm-
mernden

Haine Tiburs! ihr flöſset ihm

Die Lesboiſche Kunſt göttlicher Hymnen ein.

Rom, der Städte Beherrſcherinn,

Nimmt mich unter den Chor ſeiner ge-
weiheten

Muſenprieſter willführig auf,

Und kaum naget des Neids giftiger Zahn
mich noch.

Göttinn, die du der goldenen

Leyer füſsen Geſang ihr in die Saite gabſt,

Göttinn, die du den Schwanenton

Stummen Fiſchen ſogar mächtig verleihen
kannſt',

Dieſes alles iſt dein Geſchenk!

Daſs der Finger des Volks mich als den
Sänger zeigt,

Der die Römiſche Laute zwang,

Daſs der Römer mich liebt, (wenn er mich
liebt,) iſt dein!

VI.

An den

Blandusischen Quell.

——

O Blandusiens Quell, glänzender als
Kriſtall,
Werth mit Weine vermählt, mit ihm ge-
krönt zu ſeyn!
Dein iſt morgen ein Böckchen,
Deſſen Stirne ſchon Hörner keimt,

Und schon Kämpfe beschliefst, rüftige
    Kämpfe mit
Nebenbuhlern: umfonft! weil der muth-
    willigen
  Heerde Liebling die Welle
    Dir mit Blute bepurpern foll.

Dich trifft Sirius nicht, ob er verderbliche
Flammen fprühet; du reichft Kühlung und
    Labfal dar
  Dem ermüdeten Pflugftier
    Und dem fchwärmenden Wollenvieh.

Auch dein [Name wird grofs unter den
    Quellen feyn!
Denn ich finge den Ulm, und die befchattete
  Felfengrotte, durch welche
    Dein fanftmurmelndes Waffer rinnt.

Epheu decket! O ruht, Zimbeln! o ruht,
    rasende Trommeln und

Ehrne Hörner! euch folgt Dünkel, der blind
    eigne Gebrechen liebt;

Eitelkeit, die das Haupt, leer an Gehirn,
    schwindelnd gen Himmel hebt,

Und ein Leichtsinn, der mit gläserner Brust
    fremdes Geheimniß deckt.

VIII.

An die Lydia.

Lydia! bey den Göttern!

Sprich, weswegen eileſt du ſo, deinen von
Liebe trunknen

Sybaris hinzurichten?

Er, der Staub und Sonnenbrand trug, wagt
er ſich auf den Kampfplatz?

Reitet er noch gewappnet

Unter jungen Kriegern, und zähmt Galliens Roſs mit rauhem

Wolfesgebiſſe? (c) Schwimmt er

Noch die gelbe Tiber hinauf? Scheut er
nicht unſer Salböl

Aerger, als Schlangengeifer?

Er, der ſonſt den Diskus, der ſonſt über
das Ziel den Wurffpieſs

Schleuderte, trägt er Schwielen

Von der Laſt der Waffen am Arm? Liegt
er nicht, wie vor Zeiten

Schimpflich der Sohn der Thetis,

Eh der Griechen Flamme die Pracht Ilions

frafs, verfteckt lag,

Daſs ihn die Tracht der Männer

Nicht ins Blutfeld brächte, zu tief unter

den Nachtrab Hektors?

O

IX.

An den

Manlius Torquatus.

Beym Wechfel des Jahres.

Reif und Schnee find entflohn: ihr Gras
gewinnen die Fluren

Wieder, die Wälder ihr Haar.

Tellus wandelt die Scene : gedrängt in
ihre Geftade

Rollen die Ströme dahin.

Nackt, mit den Nymphen des Hains und den

Zwillingsſchweſtern am Arme,

Wäget Aglaja den Tanz. —

Hoffe nichts, Ewiges! ruft das ſcheidende

Jahr, und die Hora, (*d*)

Die mit den Tagen entfleucht.

Zephyr ſchmelzet den Froſt, den Lenz

verſcheuchet der Sommer,

Dieſer geht unter, ſo bald

Sein wohlthätiges Horn Autumnus aus-

leert, und eilend

Stürmt der Verwüſter zurück.

Doch den Verluſt der Natur ergänzen die

kommenden Monde:

Wir nur, empfängt uns das Grab,

Wo Aeneas der Fromme, wo Tullus und
    Ankus hinabfank,

Wir nur find Schatten und Staub.

Ob uns die Parze den Morgen an unfre
    verlaufenen Tage

Knüpfen will, wiffen wir nicht.

Was du, zu frohem Genufs, noch heute
    des gierigen Erben

Händen entreifseft, ift dein.

Bift du erft einmal dahin, hat dir der
    gebietende Minos

Einmal dein Urtheil gefällt:

Bringt kein Adel, Torquatus! keine Be-
    redfamkeit, keine

Tugend dich wieder aus Licht.

Auch Diana befreyt des keuſchen Hippo-
lytus Seele

Nicht aus der ewigen Nacht;

Theſeûs Stärke zerſchlägt die diamante-
nen Ketten

Seines Pirithous nicht.

X.

An die Freunde.

In dem Winterlager.

Ungewitter umhüllen den Himmel: in
Flocken, in Regen

Stürzt Jupiter herab aufs Land;

Boreas heulet im Meer,

Heulet im traurigen Hain.   Ergreift den
Tag! er ift unfer,

Ihr Brüder! Auf! verjagt den Ernft,

Weil wir noch grünen, und uns

Noch die Kniee nicht wanken; verjagt
von der Stirne das Alter!

Schafft Wein her, meinen Wein, ge-
prefst

Unter dem Konful Torquat!

Kümmert euch nicht um die Zukunft! ein
günftiger Wechfel des Glückes

Stellt diefs und alles wieder her.

Auf! und durchbalfamt das Haar

O 4

Mit der Narde von Sufa! die frohe Cylle-

nifche Leyer (*e*)

Verbann' aus unfrer jungen Bruft

Jeden mifslautenden Gram!

So fang Chiron, der weife Centaur, dem

feurigen Jünger:

„O Thetis unbezwungner Sohn,

„Sterblich geborener Gott!

„Dich erwartet Affarakus Flur, die der

kalte Skamander

„Durchfchneidet, wo der Simoïs

„Braufend vom Ida fich wälzt:

„Aber der Parze beſtimmtes Gewebe (.ſ)

verſagt dir die Heimkunft,

„Und deiner Mutter blauer Schooſs

„Bringt dich nicht wieder zurück.

„Dort verſüſse du dir dein Leid durch

Wein und Geſänge!

„Sie zaubern jede Sorge weg,

„Welche die Seele bewölkt.

XI.

An den Petius.

Nein! Petius, mein Freund! ich bin
nicht mehr, wie vor,

Lieder zu singen geschickt:

Mich hat die Liebe krank gemacht;

Die Liebe, die mich unter allen aus-
erſah,

Lockichten Haaren ein Spiel

Und blauer Augen Raub zu ſeyn.

Schon dreymal, ſeit ich von Inachien
genas,

Hat der December das Laub

Den Ahornbäumen abgeſtreift.

Ha! welch ein Mährlein (Schande, die
mich raſend macht!)

Ward ich im Munde der Stadt!

Wie reut mich jede Luſtbarkeit,

Bey der mein Schweigen, meine Fieber-
bläſſe, mein

Seufzen aus innerſter Bruſt,

Die Glut verrieth, die mich befaſs.

„Vermag denn nichts des Armen Tugeud
oder Witz

„Gegen das leidige Gold?„

So brach ich jammernd aus, ſo bald

Mir durch den zehnten Becher der ver-
wegne Gott

Jedes Geheimniſs entwand,

Das tief im Hinterhalte lag.

„Bald wird der Eifer, der mir fchon im
Bufen kocht,

„Jeden verfchmähten Gefang,

„Der meine Wunde doch nicht heilt,

„Den Flammen fchenken, und mein oft
gekränkter Stolz

„Sich dem gefährlichen Kampf

„Mit Nebenbuhlern bald entziehn.„

So droht' ich ernftlich, und verfprach dir,
heim zu gehn:

Aber mein irrender Fufs

Trug bald mich wieder hin zu der

Ach.! unerbittlich harten Thür, zu der mir ach!

Grauſamen Schwelle, worauf

Ich mir die Seiten wund gedrückt.

Nun feſſelt mich die Mima, die ſich jüngſt im Tanz

Unter dem Koïſchen Flohr (*g*)

Ganz Harmonie dem Auge wies;

Aus deren Banden nicht der Freunde treuer Rath,

Nicht der unleidliche Spott,

Nichts überall mich retten wird,

Als eine neue Schönheit: ein erhabner Wuchs,

Oder ein finsteres Haar,

Das von der nackten Schulter rollt.

XII.

An den Konsular
Munatius Plankus.

(Daſs er ſich Tibur zu ſeinem Aufenthalt
wählen ſolle.)

Rhodos und Mytilene laſs andre, laſs
Epheſus andre,

Andre Korinth mit gedoppelter
Anfurt,

Oder Theben erheben, dem Bacchus, und
Delphi, dem Phöbus

Heilig, oder Theſſaliens Tempe;

Vieler einziger langer Gesang sey der
ewigen Jungfrau

Stolze Burg, das einzige Kleinod

Ihrer Stirne der Oelzweig, von allen Zwei-
gen der Götter; (*h*)

Tausende preisen der Königinn
Juno

Rossenährendes Argos, der Juno goldnes
Mycene:

Mir hat das arbeitselige Sparta,

Mir hat das fette Larissa so nicht die
Sinne bethöret,

Als der Albunea rieselnde Grotten,

P

Anions schäumende Schleuse, Tiburnus

Haine, Tiburnus

Gärten mit zitternden Bächen durch-

flochten.

So wie der Südwind oft vom grauen

Himmel die Nebel

Wegkehrt, und nicht immer auf

Regen

Regen gebiert: so tilg' auch du den Un-

muth, o Plankus,

Und die Bitterkeiten des Lebens

Weislich mit mildem Moft; im Lager un-

ter den Adlern,

Oder in diesem feligen Tibur,

Unter deinem Weinftock. — Ob Teucer (*i*)
Aeltern und Heimath

Fliehet, krönt er fich dennoch die
Schläfe,

Glühend vom Geifte Lyäens, mit feftlicher
Pappel (*k*), erheitert

So die traurigen Glückesgenoffen:

„Lafst uns gehen, ihr Freunde! wohin
ein befferes Schickfal

„Fern von diefem Vater uns hin-
ruft!

„Hoffet alles, da Teucer euch führt, und
Teucern ein Gott führt.

„Sagte mir nicht der untriegliche
Phöbus:

„Salamis soll an fremdem Geſtade zum

zweytenmal `aufblühn?

„Tapfere Brüder! wir haben wohl

ehmals

„Größern Unfall beſtanden: trinkt Wein,

und verjaget den Kummer!

„Morgen gebt alle Segel den Win-

den!

XIII.

An den Konsular

L u c i u s   Se ß i u s.

Beym Wechfel des Jahres.

Siehe! der Winter zerrinnt! der mildere
    Lenz und Zephyr naht fich:
Der Hebel wälzt den trocknen Kiel
    vom Strande.
Freudig verläffet den Stall die blökende
    Schaar, den Herd der Pflüger:
Kein Reif umzieht mit grauem Flohr
    die Wiefe.

Venus Idalia führt den Reihentanz auf
bey Lunens Fackel:

Die Nymphen mit den Grazien durch-
flochten

Heben den wechfelnden Fuſs vom Boden
empor.; Vulkan zur Seite

Glüht neue Donner: Aetna ſprühet
Funken. (*)

Seſtius! ſalbe dein Haar! umwinde die
Stirn mit junger Myrthe,

Mit Bluhmen, die der laue Weſt her-
vorlockt.

Schlachte dem Pan, es iſt Zeit! im dämmern-
den Hain der Heerden Erſtling,

Ein Milchlamm; wenn er will, ein
jährig Böckchen. —

Pochet der hagere Tod mit leiferem Fuſs
    an Fürſtenſchlöſſer,

Als an der Armen Hütte? Freund! die kurze
    Spanne des Lebens verſagt dem gierigen
    Wunſch weit auszuſchweifen.

Schon wartet dein die Nacht, die
    bleichen Larven,

Und der armfelige Hof der Hekate: wo
    du nicht mehr looſeſt,

Wer Gaſtmahlkönig ſeyn ſoll; noch
    die muntre

Lyde bewirtheſt, die jüngſt muthwilliger
    Spielgefährten Luſt war,

Und bald die Furcht der jungen
    Frauen ſeyn wird.

XIV.

Neobule

von sich selbst. (*m*)

—

Ach welch Elend! wenn man weder sich
der Liebe Lust erlauben,

Noch sein Leiden in dem süsen Saft der
Traube darf ertränken,

Weil ein Oheim uns in Furcht hält! Dir, o
Aermste! nimmt der schlaue

Sohn Cytherens Korb und Spindel! Dir schlägt
    Hebrus aus Thermeſſa

Dieſs dein Stickwerk, die geliebte Kunſt Mi-
    nervens, aus den Händen,

Wann er, glänzend um die Schultern, in den
    Tiberſtrom hinabſteigt:

Er, ein Reiter, wie Bellerophon; im Fauſt-
    kampf nie bezwungen,

Noch ermattet in der Laufbahn; auch der
    schnellſte mit dem Wurfpfeil

Den gejagten Hirſch im Felde zu ereilen,
    und den Eber

Aus verwachſenem Geſträuche mit dem
    Jachtſpieſs zu begrüſsen.

XV.

Auf die Habsucht.

Kein Geräth von Helfenbein (*)

Ziert meine Säle, keine goldnen Himmel;

Kein Hymettisches Gebälk

Drückt Säulen, jenseit Lybiens gehauen;

Keines Attals reichen Schatz

Ererbt' ich schlauer Fremdling; mir spinnt

keiner

Edlen Klientinnen Hand

Den Purpur Sidons: — aber eine Leyer

Ward mir, und ein Dichtergeiſt,

Von unverſiegner Ader; ja, mich Armen

Sucht der Reiche. Mehr erbitt'

Ich von den Göttern nicht, und mehr von meinem

Königlichen Freunde nicht,

Durch Ein Sabiniſch Thal genug beſeligt.

Du, der ſeine Tage fliehn,

Und Monde wachſen, Monde ſchwinden ſiehet,

Du, dem Tode reif, verdingſt

Noch Marmorbrüche: thürmſt, dein Grab vergeſſend,

Neue Schlöſſer in die Luft;

Verdrängſt das alte Meer, das wider Bajens

Vorgeworfne Dünen brauſt,

Durch alles feſte Land noch nicht geſättigt;

Ja, verrückſt den heil'gen Stein

Der nachbarlichen Gränze: ſpringſt, ein
Räuber,

Ueber des Klienten Hof,

Und Weib und Hausmann irren ausge-
ſtoſsen,

Ihrer Liebe nacktes Pfand

Im Arm, und ihres Vaterherdes Götter.

Doch den reichen Stolz empfängt

Kein Sitz gewiſſer, als des alten Orkus

Siebenfach umſchränkte Burg.

Vergeblich ſtrebſt du weiter: Eine Höhle

Nimmt das Fürſtenkind und nimmt

Den Sklaven auf. Der Knecht des Höllengottes

Rudert nicht durch Gold bethört

Promethes ſchlauen Geiſt zurück; er
kerkert

Den Tyrannen Tantalus

Und Tantals Enkelſöhne; hört den Armen

Seufzen unter ſeiner Laſt,

Und hilft, gerufen oder nicht gerufen.

XVI.

Anhang aus dem Katull.

Auf den

Tod eines Sperlings.

—

Weint, ihr Grazien, und ihr Amoretten,

Und was Artiges auf der Welt lebt! meines

Mädchens Sperling ist todt! des Mädchens
Liebling!

Der ihr lieb, wie der Apfel in den Augen,

Und fo freundlich, fo klug war! und fie
kannte,

Wie ein Töchterchen feine Mutter ken-
net!

Denn er rührte fich nicht von ihrem
Schoofse;

Nein, er trippelte munter auf dem Schoofse

Hiehin, dahin und dorthin; nickt' ihr immer

Mit dem niedlichen Köpfchen, piept' ihr
immer.

Ach! nun wandert er jene finftre Strafse,

Die man ewiglich nicht zurückewandert.

O! wie fluch' ich dir, finftrer alter Orkus,

Der du alles, was fchön ift, flugs hin-
abfchlingft!

Uns den Sperling zu nehmen, der fo
hübfch war!

Welch ein Jammer! O Sperling! armer
Sperling!

Haſt gemacht, daſs mein trautes Mädchen ihre

Lieben Aeugelchen ſich ganz roth geweint hat.

Anmerkungen

zu

den Oden aus dem Horaz.

Anmerkungen.

(a)

(S. 188. v. 6 — 9.)

Das verbrannte Feldlager des Syphax, und das verbrannte Feldlager Asdrubals, und fünfhundert verbrannte Schiffe. Livius, XXX. 5, 6, 43. — Die Siege des ältern Scipio, der den Hannibal überwunden und dem treulofen Karthago diefen vielfachen Brand verurfachet hatte, befang die Mufe feines vertrauten Freundes, des Ennius aus Kalabrien. Die Verbrennung der Stadt Karthago durch den jüngern Scipio gefchah lange nach des Ennius Tode, und ein halbes Jahrhundert nach diefen Thaten des ältern Afrikaners.

(b)

(S. 193. v. 7.) Ungleichartig: weder von Gefichte noch von Gemüthe gleichartig

Denn auch ähnliche Gemüthsneigungen wollen die Väter auf ihre Kinder verpflanzt wissen. Horaz sagt es in der vierten Ode des vierten Buchs weitläuftiger.

(*c*)

(S. 204. v. 3.) Ein Gebiſs, faſt wie die Zähne oder das Gebiſs des Wolfes geformt, den Pferden mehr Schmerzen zu machen, wenn sie sich nicht lenken lieſsen.

(*d*)

(S. 207. v. 3.) H o r e n hieſsen bey den Griechen die Jahreszeiten, und nachmals auch bey den Römern: *Horaz*, B. I. *Ode* 12. *Ovids Verwandlungen*, B. II. v. 26 — 30. Die Poeten machen sie zu Göttinnen.

(*e*)

(S. 212. v. 1.) Die Cyllenifche Leyer: die vom Cyllenius erfundene Leyer. Merkurius führte diesen Namen von dem Berge Cyllene in Arkadien, wo ihn seine Mutter geboren hatte. Aeneïde, VIII. 139.

(*f*)

(S. 213. v. 1.) Gewebe für Faden: eine
Synekdoche. Nach dieser rhetorischen Fi-
gur setzt man Gestirn für Stern, und um-
gekehrt. Horaz gebraucht hier das Wort
subtemen, Eintrag, Einschlag des Gewebes.
Juvenal gebraucht das entgegengesetzte *sta-
men*, Zettel, Kette des Gewebes:

- - *morieris stamine nondum
Abrupto. Sat. XIV. 149.*

Anstatt *certo subtemine*, (wofür einige auch
certo substamine lesen,) liest ein berühmter
Verbesserer der Horazischen Lesearten:
curto subtemine. Eine nicht zu verwegene
Muthmaßung, doch, wie es uns scheint,
keine poetische Verbesserung. Das Wort
certus kündigt dem Achill sein Schicksal im
Tone eines Orakels an. Ein Orakel spricht:
Deine Tage sind bestimmt, anstatt: Deiner Tage sind noch wenige; dein Lebens-
faden ist abgemessen, anstatt: Dein Le-

bensfaden ist kurz. In der funfzehnten Ode
des ersten Buchs legt Horaz eben dieses Wort
dem wahrsagenden Nereūs in den Mund:

> *Post certas hiemes uret Achaicus*
> *Ignis Iliacas domus.*

(g)

(S. 218. v. 5.) Auf der Insel Kos wurden
Zeuge bereitet, die man wegen ihrer Durch-
sichtigkeit gläserne Zeuge nannte. In der
zweyten Satire des ersten Buchs sagt Horaz:

> *- - - Cois tibi paene videre est*
> *Ut nudam.*

(h)

(S. 221. v. 3.) *Undique decerptam fronti*
praeponere olivam: Dieser Vers hat mehr.
Auslegungen erhalten, als er Worte enthält, und jede Auslegung hat belesene und
scharfsinnige Vertheidiger gefunden. Auch
hat man für diesen Vers eine andre nicht
unglückliche Leseart ausgedacht: *Undique*
decerptae frondi praeponere olivam. In
beiden Versen wird der Vorzug erzählt, der

dem Oelzweige Minervens, der Schutzgöttinn Athens, gegeben wird. Diesen Hauptgedanken des Dichters haben wir ausgedrückt, und beide Lesearten dabey vereinigt.

(*i*)

(S. 223. v. 1.) Teucer und sein Stiefbruder Ajax hatten von ihrem Vater Telamon, dem Könige zu Salamin, den Befehl bekommen, sich im Kriege nie von einander zu trennen: Ajax sollte die nahen Feinde mit der Lanze, Teucer die entfernten mit Pfeilen bekämpfen, keiner aber ohne den andern zurückkehren. Als Teucer ohne seinen Bruder, (indem sich dieser selbst entleibt hatte,) und auch ohne Rache an den Feinden seines Bruders genommen zu haben, von Troja wiederkam, ward er von seinem Vater verbannt.

Horaz verweist den Plankus vielleicht aus mehr als Einer Ursache auf das Beyspiel Teucers. Dergleichen feine Anspie-

lungen find oft nur den Zeitverwandten
merklich, für die Nachwelt aber gehen fie
verloren, und laffen ihr nichts als unge-
wiffe Muthmafsungen übrig. Plankus hatte
die Partey des Antonius und der Kleopatra
verlaffen, und war zum Auguftus überge-
gangen, deffen Freundfchaft er zuletzt
wieder verlor, und vielleicht damit um-
gieng, fich in eine von denjenigen Städten
Griechenlands zu begeben, die fich die vor-
nehmen Römifchen Mifsvergnügten zu ihrem
Aufenthalte zu wählen pflegten.

(*k*)

(S. 223. v. 3.) Die Pappel ift dem Herkules heilig: ihm, dem gröfsten Bogenfchützen,
dem alten Eroberer von Troja, dem Schutz-
gotte der herumfchweifenden Helden, bringt
Teucer bey feiner Flucht ein Opfer.

(*l*)

(S. 226. v. 4.) Wir verfetzen die Scene
diefer Ode nach Sicilien. Der zweyte, der

fünfte und der achte Vers schicken sich für
ein Land, wo Horaz täglich eine Menge
von Schiffen vor sich sahe, wo Venus ihren
Berg Eryx bewohnte, und wo der feuer-
speyende Aetna, und, in seiner Nachbarschaft,
die drey Felsen der Cyklopen lagen.

Ein Deutscher Dichter scheint diese Ode
des Horaz vor Augen gehabt zu haben,
wenn er von der schönen Thamira singt:

> Cypria war minder schön,
> Als sie mit den jungen Nymphen,
> Und den nackten Grazien,
> Unter Hespers heller Kerze,
> Von Siciliens Gebirgen
> In die stillen Thäler stieg.

(*m*)

(S. 228.) Neobule: im Lateinischen,
Ad Neobulen. Die Ausleger haben darüber
gestritten, ob diese Ode eine Rechtfertigung
der Liebe Neobulens gegen einen starken
athletischen Jüngling, oder ob sie einen
Spott über diese Liebe, oder ein aufrichti-

ges Mitleiden mit dieser Liebe enthalte. In jedem Verstande ist die Ode, mehr oder weniger, gezwungen. Als eine Klage in Neobulens eigenem Munde ist sie ein natürliches Gemälde ihrer Leidenschaft.

(*n*)

(S. 230. v. 1.) Die Reichsten und Vornehmsten in Rom hatten helfenbeinerne Sessel, Tische, Vasen und Statuen in ihren Pallästen. Auch die Tempel waren damit geschmückt: *Omne ebur ex aedibus sacris auferebat*, sagt Cicero. Die Worte des Horaz heißen: Weder Helfenbein, noch eine goldene Felderdecke (*lacunar*) lacht in meinem Hause. Wer das Helfenbein zur Felderdecke ziehen wollte, würde der Ode einen Gedanken wegnehmen, und dafür einen gezwungenen Ausdruck wiedergeben.

Verzeichnifs

der nachgeahmten

lyrifchen Sylbenmafse.

Verzeichniſs
der Sylbenmaſse.

I.

Alcäiſches Sylbenmaſs.

Beſteht aus zwey elfſylbigen Alcäiſchen, einem neunſylbigen jambiſchen, und einem zehnſylbigen umgekehrten Alcäiſchen Verſe:

$$\cup - \cup - \cup \qquad - \cup \cup - \cup \,\underline{\cup}$$
$$\cup - \cup - \cup \qquad - \cup \cup - \cup \,\underline{\cup}$$
$$\cup - \cup - \cup - \cup - \cup$$
$$- \cup \cup - \cup \cup - \cup - \cup$$

In dieſem Sylbenmaſse hat Horaz ſieben und dreyſsig Oden geſchrieben. Es hat unter allen lyriſchen Sylbenmaſsen die meiſte Majeſtät.

II.

Sapphifches Sylbenmafs.

Befteht aus drey elffylbigen Sapphifchen
und einem Adonifchen Verfe:

$$- \cup - \cup - \cup \cup - \cup - \cup$$
$$- \cup - \cup - \cup \cup - \cup - \cup$$
$$- \cup - \cup - \cup \cup - \cup - \cup$$
$$- \cup \cup - \cup$$

In diefem Sylbenmafse hat Horaz fechs
und zwanzig Oden gefchrieben. Sappho
hatte keinen ordentlichen Abfchnitt darinn
beobachtet; Horaz, der diefen Vers zu allen Gattungen der Ode gebraucht, hat ihm,
durch einen männlichen Abfchnitt nach der
fünften Sylbe, mehr Stärke und Lebhaf-
tigkeit zu geben gefucht. Im Deutfchen
müffen wir die Art der Sappho nachahmen;
weil wir keine reinen Pyrrhichien befitzen,
womit wir die andre Hälfte des Verfes an-

fangen könnten. Das Sylbenmaſs wird als-
dann weicher, und wiederum zu zärtlichen
und traurigen Liedern geſchickt.

III.

Erſtes Asklepiadeïſches Sylbenmaſs.

Beſteht aus zwölfſylbigen Asklepiadeïſchen Verſen:

– ◡ – ◡ ◡ –   – ◡ ◡ – ◡ ◡

In dieſem gleichzeitigen Asklepiadeïſchen
Sylbenmaſse hat Horaz nur drey Stücke geſchrieben: eine Vorrede zu dem erſten, und
eine Schluſsrede zu dem dritten Buche, im-
gleichen die Strena an den Cenſorinus.

IV.

Zweytes Asklepiadeïſches Sylbenmaſs.

Beſteht aus drey Asklepiadeïſchen und
einem Glykoniſchen Verſe:

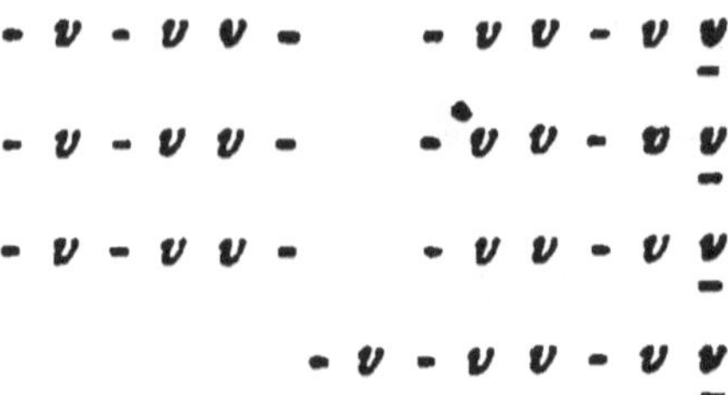

V.

Drittes Asklepiadeïfches Sylbenmafs.

Befteht aus abwechfelnden Glykonifchen und Asklepiadeïfchen Verfen:

$$- \cup - \cup \cup - \cup \underline{\cup}$$

$$- \cup - \cup \cup - \quad - \cup \cup - \cup \underline{\cup}$$

VI.

Viertes Asklepiadeïfches Sylbenmafs.

Befteht aus zwey Asklepiadeïfchen, einem Pherekrazifchen und einem Glykonifchen Verfe:

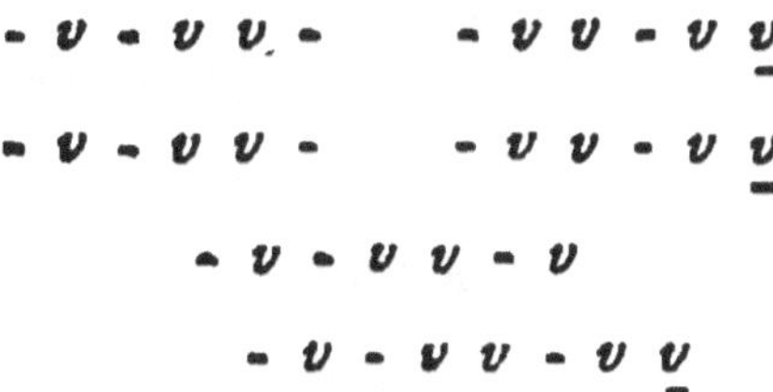

In diefen drey wohlklingenden Versar-
ten hat Horaz acht und zwanzig Oden gefchrieben.

VII.
Gröfferes Asklepiadeïfches Sylbenmafs.

Befteht aus fechzehnfylbigen Asklepiadeïfchen Verfen, die einen doppelten Abfchnitt
bekommen:

$$- \cup - \cup \cup - \quad - \cup \cup - \quad - \cup \cup - \cup \cup$$

Ift vom Horaz im erften Buche zweymal,
im vierten einmal gebraucht worden.

VIII.
Gröfferes Sapphifches Sylbenmafs.

Befteht aus abwechfelnden Ariftophani-
fchen und funfzehnfylbigen Sapphifchen Ver-

fen, die einen doppelten Abfchnitt leiden:
nehmlich im Lateinifchen nach der fünften
und achten, und im Deutfchen nach der
vierten und achten Sylbe:

$$- \; v \; v \; - \; v \; - \; v$$

$$- \; v \; - \; v \qquad - \; v \; v \; - \qquad - \; v \; v \; - \; v \; - \; v$$

Ift vom Horaz nur Einmal verfucht worden.

Diefe acht Sylbenmafse find alle, mehr
oder weniger, choriambifch.

IX.

Erftes Archilochifches Sylbenmafs.

Befteht aus abwechfelnden Hexametern
und Archilochifchen Verfen:

$$\left. \begin{array}{l} - \; v \; v \; - \; v \; v \; - \; v \; v \; - \; v \; v \\ - \; v \quad - \; v \quad - \; v \quad - \; v \end{array} \right\} - \; v \; v \; - \; v$$

$$- \; v \; v \; - \; v \; v \; -$$

X.

Zweytes Archilochifches Sylbenmafs.

Befteht aus einem Hexameter, einem achtfylbigen jambifchen und einem Archilo-chifchen Verfe:

$$- v\, v - v\, v - v\, v - v\, v \Big\} - v\, v - v$$
$$- v \quad - v \quad - v \quad - v$$
$$v - v - v - v -$$
$$- v\, v - v\, v -$$

XI.

Drittes Archilochifches Sylbenmafs.

Befteht aus einem zwölffylbigen jambi-fchen, einem Archilochifchen und einem achtfylbigen jambifchen Verfe:

$$v - v - v \qquad - v - v - v -$$
$$- v\, v - v\, v -$$
$$v - v - v - v -$$

Von jedem diefer Archilochifchen Sylben-mafse, ob fie gleich wohlklingend find, hat

Horaz nur Einmal einen Gebrauch gemacht;
vielleicht, weil der Hexameter nicht eigent-
lich für die lyrische Poesie beftimmt ift, und
auch die Jamben mehr dem Drama und der
Satire, als dem Liede, zukommen.

XII.

Alkmanifches Sylbenmafs.

Befteht aus abwechfelnden Hexametern
und Tetrametern oder vierfüfsigen Alkma-
nifchen Verfen:

$$\left.\begin{array}{l} - \cup \cup - \cup \cup - \cup \cup - \cup \cup \\ - \cup \quad - \cup \quad - \cup \quad - \cup \end{array}\right\} - \cup \cup - \cup$$

$$\left.\begin{array}{l} - \cup \cup - \cup \cup \\ - \cup \quad - \cup \end{array}\right\} - \cup \cup - \cup$$

Kömmt im erften Buche der Oden zweymal, im fünften einmal vor.

XIII.

Grösseres Archilochifches
Sylbenmafs.

Befteht aus abwechfelnden gröffern Archilochifchen Verfen, die einen doppelten

Abfchnitt leiden, im Lateinifchen nach der fiebenten und elften, im Deutfchen nach der fiebenten und zwölften Sylbe, und aus elffylbigen jambifchen Verfen:

$$\smile \smile \smile - \smile \smile - \qquad \smile - \smile \smile - \qquad \smile - \smile - \smile$$

$$\smile - \smile - \smile \qquad - \smile - \smile - \smile$$

Horaz macht die drey erften Füfse des grosfen Archilochifchen Verfes eben fo veränderlich, als der heroifche Hexameter ift, deffen Füfse er enthält, und den vierten Fufs allezeit daktylifch. Der Vers fcheint mehr Wohlklang zu bekommen, wenn feine beiden erften Füfse, nach Art des kleinern Archilochifchen Verfes, ihren Daktylus und Choriambus unveränderlich behalten, und wenn fein zweyter Abfchnitt eine Sylbe weiter gerückt wird, und einen Jambanapäft ($\smile - \smile \smile -$) formirt. Horaz hat fich diefer profometrifchen Versart nur ein einziges mal bedient.

R 3

XIV.

Ionifches Sylbenmafs.

Befteht aus fteigenden ionifchen Sylben-
füfsen, die im Lateinifchen aus einem Pyrrhichius und Spondeus zufammengefetzt find.
Im Deutfchen find fie aus einem Pyrrhichius
und Trochäus zufammengefetzt, klingen
aber, wegen der zwey einfylbigen Wörter,
die den Deutfchen Pyrrhichius ausmachen,
nicht viel anders, als doppelte Trochäen:

$$\cup\cup-\cup \quad \cup\cup-\cup \quad \cup\cup-\cup \quad \cup\cup-\cup$$

Diefes Sylbenmafs hat Horaz nur Einmal
gebraucht. Es hat für das Ohr zu wenig
Mannichfaltigkeit, man mag die Füfse gleich
ordnen, wie man will.

XV.

Trochäifches Sylbenmafs.

Befteht aus abwechfelnden fiebenfylbigen
trochäifchen und elffylbigen jambifchen
Verfen:

- $\cup$ - $\cup$ - $\cup$ -
$\cup$ - $\cup$ - $\cup$ - $\cup$ - $\cup$ - $\cup$

Ist vom Horaz nur Einmal gebraucht worden. Wenn beide Verse zusammengehört
werden, klingt das Sylbenmaſs ganz und
gar trochäisch.

* * *

Auſser diesen hat sich Horaz in seinen
Epoden noch vier jambischer Sylbenmaſse
bedient. Das erste ist das gleichzeilige
zwölffylbige jambische, welches den Ab-
schnitt allezeit nach der fünften Sylbe be-
kömmt. Hierinn ist die letzte Epode auf die
Kanidia geschrieben. Etliche Zeilen aus dieser Epode können zur Probe dienen:

> Es wünscht den Tod der ungetreue Tantalus,
> Der ewig eines dargebotnen Mahles darbt;
> Ihn wünscht Prometheus , für den Adler aus-
>   gespannt;
> Der Aeolide wünscht sein Felsenstück dem Berg'
> Einst aufzuwälzen: doch Saturnius verbeuts.

Das zweyte besteht aus abwechselnden
zwölffylbigen und achtfylbigen jambischen

R 4

Verſen. Hierinn ſind die zehn erſten Epoden geſchrieben. Man ſehe hier ein Exempel aus der zweyten Epode:

> O dreymal ſelig, wer von Handlungsſorgen frey,
>   Dem Biedervolk der Vorwelt gleich,
> Mit ſeinen Stieren ſeine Vatererde baut,
>   Und nichts auf Wucher nimmt, noch leiht!
> Wen nicht zur Feldſchlacht die Drommete
>   ruft; wen nicht
>   Der Aufruhr wilder Wellen ſchrekt;
> Wer keinen Richtplatz kennet, keiner mächtigen
>   Beſchützer ſtolze Schwelle ſucht!

Das dritte beſteht aus Hexametern und
achtſylbigen jambiſchen Verſen. Hierinn iſt
die vierzehnte und funfzehnte Epode geſchrieben. Aus der funfzehnten ſehe man
hier ein Exempel:

> Aber du Glücklicher, wer du gleich biſt, der
>   du jetzt im Triumphe
>   Mit meiner Schmach dich blähen wirſt,
> Ob du gleich reich biſt an Vieh, und reich
>   an Wäldern und Wieſen,
>   Und an Paktolus Sande reich,
> Ob dir die Lehren des oftgebornen Pytha-
>   goras kund ſind,
>   Und deiner Schönheit Nireus weicht:

„Ach! wie bald wirſt auch du die gewandelte
Liebe beklagen!
Ich aber lache dann, wie du.

Das vierte beſteht aus Hexametern und
zwölfſylbigen jambiſchen Verſen. Hierinn
iſt die ſechzehnte Epode an das Römiſche
Volk geſchrieben. Aus dieſer kann folgende
Stelle zur Probe dienen:

Uns erwartet ein Weltmeer, geſegnete Fluren
im Weltmeer
Erwarten uns! ein Eyland voller Ueberfluſs,
Wo vom Pfluge das Land unaufgewühlt, Saa-
ten mit Wucher,
Der unbeſchnittne Weinſtock willig Früchte
bringt;
Niemals der Oelbaum den Wunſch der fröh-
lichen Eigner betrieget,
Und ihren Stammbaum ſtets die braune
Feige ſchmückt.
Dort rinnt Honig aus hohlen Eichen; am Ba-
che, der rauſchend
Mit raſchem Fuſse von dem jähen Hügel
hüpft.
Ungerufen kömmt dort die Ziege zum ſchäu-
menden Eimer,
Mit weitem Euter folgt das fromme Schaf
ihr nach.

R 5

Keine Seuche verheeret das Vieh, kein ra-
    fend Geſtirn haucht
Den Flammenathem auf die dürren Heerden
    aus.
Auch kein nächtlicher Bär umſchleicht die
    Hürde mit Brummen;
Auch ſchwillt der Erde Bauch von keiner
    Viperbrut.

XVI.

Katulls
Hendekaſyllabus.

Dieſer hat die meiſte Aehnlichkeit mit
dem Sapphiſchen Verſe: im Sapphiſchen
Verſe macht der Daktylus den dritten Fuſs
aus, im Hendekaſyllabus den zweyten:

$$- \cup - \cup \cup - \cup - \cup - \cup$$

Katull beobachtet keinen ordentlichen Ab-
ſchnitt in dieſem Verſe: er wird dadurch
deſto nachläſsiger, und ſo, wie er ſich zu der
naïven Sprache des Dichters ſchickt.

Musikalische

Gedichte.

Der May,

ein Wettgesang.

1758.

Alexis.

Willkommen, allmächtiger May!

Schönster unter den zwölf Göttern,

Die dort am Himmel im Kreise sich lagern!

Du krönest mit Segen das Jahr.

Rosalia.

Willkommen, allgütiger May!

Bester unter allen Göttern,

Die Feld und Garten mit Früchten erfüllen!

Du segnest mit Liebe die Welt.

Alexis.

Ich sah den jungen May:

Seine Silberglocken

Hiengen um den Schlaf.

Als er vom Himmel fuhr,

Blühten alle Wipfel;

Als er den Boden trat,

Liefs er Violen und Hyacinthen im Fufs-
tritt zurücke.

Rosalia.

Ich sah den jungen May:

Eine Myrthenruthe

Blühend in der Hand.

Als er vom Himmel fuhr,

Sangen ihm die Lerchen;

Als er zur Erde sank,

Seufzten vor Liebe die Nachtigallen aus
allen Gebüschen.

Alexis.

Willkommen, allmächtiger May!

Schönster unter den zwölf Göttern!

Du krönest mit Segen das Jahr.

Rosalia.

Willkommen, allgütiger May!

Befter unter allen Göttern!

Du fegneft mit Liebe die Welt.

Alexis.

Seht, die Traube bricht hervor

Unter jungen Rebenblättern,

Und verkündigt Moft!

Diefes machen die fröhlichen Götter,

Bacchus und der May.

Muntre Schäfer, lafst uns trinken:

Eine Schale dem May, und eine dem
Bacchus zur Ehre.

Rosalia.

Seht, der Wiese junges Grün,

Laue Lüfte, Wohlgerüche

Laden uns zum Tanz!

Dieses wollen die fröhlichen Götter,

Amor und der May.

Schäferinnen, laßt uns tanzen:

Einen Reihen dem May, und einen dem
Amor zur Ehre.

Alexis.

Willkommen, allmächtiger May!
Du krönest mit Segen das Jahr.

Rosalia.

Willkommen, allgütiger May!
Du segnest mit Liebe die Welt.

Alexis.

Glücklich ift der Hirt,

Der im May die Welt erblickte,

Wann die Rofe die Knofpe durchbricht:

Seine Kindheit hauchte Freude,

Freude düftet fein Alter dereinft.

Rofalia.

Glücklich ift der Hirt,

Den im May die Hirtinn liebet,

Wann der Weinftock die Pappel umarmt;

Seine Jugend liebt fie zärtlich,

Zärtlich liebt fie fein Alter dereinft.

Alexis und Rofalia.

Ihr Kinder des Mayen, lobfinget dem May!

Sein Einflufs befeligt die ganze Natur.

Das Fest
des Daphnis und der Daphne.

Ein Wettgesang.

Berlin, den 14. Jul. 1769.

Philemon.

Ich will den edlen Daphnis singen, der zur Braut
Die junge Daphne sich erkohr;
Und will ein jährig Böckchen, und den besten Most
Vom Neckar opfern und vom Rhein.

S 2

Sylvia.

Von Daphnen will ich fingen, von der
edlen Braut,

Die würdig unfres Daphnis war;

Ihr will ich Bluhmen, und von jeder Som-
merfrucht

Ein auserlefnes Körbchen weihn.

Philemon.

Mein Lied fey Daphnis, der die füfsen
Saiten rührt

Des Sängers aus der fremden Flur, (*)

Womit er Löwen, oder wilde Männer,
zwang,

Er felber fpröde Nymphen zwingt.

Sylvia.

Mein Lied fey Daphne, die viel füfse
Lieder lernt

Von Schäfern unfrer eignen Flur,

Seit unfre Schäfer fingen, wie die Nachtigall,

Die fremden, wie die Grille fingt.

(*) Des Orpheüs.

Philemon.

Wo Daphnis hintritt, fteige

Ein heiliger Lorbeerwald auf:

Zur Krone für den Jüngling,

Der Räuber und Wölfe verjagt;

Zur Krone für den Sänger,

Der göttliche Lieder erfand.

Sylvia.

Wo Daphne wandelt, fproffe

Ein feuriger Rofenwald auf:

Zum Kranze für den Jüngling,

Der fröhliche Fefte begeht;

Zum Kranze für die Hirtinn,

Die Jugend und Liebe befeelt.

Philemon.

Ich preiſe meinen Daphnis, der die
Künſte liebt,
Die man an fernen Ufern ehrt;
Er führt ſie bald in unſre Schäferhüt-
ten ein:
Dann hebt ein goldnes Alter an.

Sylvia.

Ich preiſe meine Daphne, meine Daphne
liebt
Die frommen Sitten unſrer Flur;
Aſträa kehrt vom Himmel auf die Flur
zurück;
Dann hebt ein goldnes Alter an.

Philemon.

Den Daphnis lieb' ich, der die ſchön-
ſten Heerden zieht:
Als Jüngling ſeiner Fluren Ruhm;
Der vor Gefahr ſie ſchützen, ſie ver-
gröſſern kann:
Im Alter einſt der Hirten Gott.

Sylvia.

Ich liebe Daphnen, die den Jüngling
glücklich macht:
Zwiefacher Honig ist ihr Mund;
Die seine Sorgen theilen, sie versüßen
kann:
Schon jung Gelübd' und Opfer werth.

Philemon.

Mit Nektarbächen tränke,
O Liebe, dieſs göttliche Paar!
Das Alter sey der Weisheit,
Die Jugend der Freude geweiht.

Sylvia.

In warme Freundschaft wandle
Die feurige Liebe sich bald!
Die weise Freundschaft dauert,
Die trunkene Liebe verfleucht.

Philemon.

Ihr Himmlifchen, höret mein Lied!
Gebt einen Sohn dem Daphnis:
Des Vaters holdfeliges Bild,
Den Stolz der keufchen Mutter,
Die Krone der feligen Flur.

Sylvia.

Ihr Liebenden, höret mein Lied!
Umarmt noch Enkelföhne:
Der Götter allgütigen Lohn,
Das Wuuder aller Fluren,
Die Sterne der künftigen Welt.

I n o,

e i n e K a n t a t e.

Wohin? wo soll ich hin?

Mein rasender Gemahl verfolgt mich. Ohne Retter

Irr' ich umher, so weit das Land mich trägt, und bin

Entdeckt, wohin ich irre. Keine Höhle,

S 5

Kein Busch, kein Sumpf verbirget mich.

Ha! nun erkenn' ich dich,

Grausame Königinn der Götter!

Ungöttliche Saturnia,

Wird Rachsucht dich ewig entflammen?

Wer kann mein Mitleid verdammen?

Ich hab' ein Götterkind ernährt.

Du hast dich an Semelen ja

Mit Jupiters Blitze gerochen:

Was hat die Schwester verbrochen?

War meine That des Todes werth?

Ungöttliche Saturnia,

Wird Rachfucht dich ewig entflammen?

Wer kann mein Mitleid verdammen?

Ich hab' ein Götterkind ernährt.

O all' ihr Mächte des Olympus,

Ift kein Erbarmen unter euch?

Hier fchwank' ich unter der geliebten Laft,

Die mein zerfleifchter Arm umfafst;

Hier fliehet, dem gefcheuchten Rehe,

Der aufgejagten Gemfe gleich,

Die königliche Tochter Kadmus; fpringt

Von Klipp' auf Klippe, dringt

Durch Dorn und Hecken. — —

Nein, weiter komm' ich nicht; .

Ich kann nicht höher klimmen. * * * Götter!

Ach! rettet, rettet mich! ich sehe

Den Athamas! an seinen Händen klebt

Noch seines Sohnes Blut.

Er eilt, auch diesen zu zerschmettern.

O Meer! o Erde! er ist da!

Ich hör' ihn schreyen! er ist da!

Ich hör' ihn keuchen! Itzt ergreift er
        mich! — —

Du blauer Abgrund, nimm von dieser
        Felsenspitze

Den armen Melicertes auf!

Nimm der gequälten Ino Seele! — —

    (Die Instrumente begleiten den schreck-
lichen Fall, und kündigen hierauf die
nachfolgende Verwandelung an.)

Wo bin ich? o Himmel!

Ich athme noch Leben?

O Wunder! ich walle

Im Meere? mich heben

Die Wellen empor? — — —

O wehe! mein Sohn!

Er ift mir im Falle

Den Armen entflohn.

Mitleidiger Retter,

Was hilft mir mein Leben?

Ach! gieb mir den Sohn!

O wehe! mein Sohn!

Er ift mir entfallen!

Er ift mir entflohn! — —

Ich seh ihn, ihr Götter!

Von Nymphen umgeben:

Stolz ragt er hervor.

Wem dank' ich dieſs Leben,

Dieſs beſſere Leben?

Wem dank' ich den Sohn?

Jch ſeh ihn, von Göttern

Und Nymphen umgeben:

Stolz ragt er hervor. —

Wo ſind wir? o Himmel!

Wir athmen? wir leben?

O Wunder! wir wallen

Im Meere? uns heben

Die Wellen empor? — — —

Ihr hängt um meine Schläfe zackige
Korallen?

Und Perlen in mein Haar?

Ich dank' euch, Töchter Doris! —
Seht, o seht die Schaar

Der freudetrunknen blauen Götter!

Sie flechten Schilf und Lotosblätter

Um meines Sohnes Haar. —

Wie gütig, wie vertraut empfanget ihr

Zwey Sterbliche, wie wir!

Ihr gebt uns eure Götterkränze,

Und zieht uns mit euch unter eure
Tänze! — — —

(Die Inſtrumente begleiten den Tanz, und
ſpielen hierauf den Geſang der Tritonen
und Nereiden vor, welcher anfängt: Leu-
kothea iſt zur Göttinn aufgenommen.)

Ungewohnte Symphonien

Schlagen mein entzücktes Ohr.

Panope, (*) dein ganzer Chor,

Und die blaſenden Tritonen

Rufen laut:

   ,, Leukothea

,, Iſt zur Göttinn aufgenommen!

(*) Die vornehmſte unter den Töchtern des Nereüs
und der Doris, die von den Schiffleuten vorzüglich
angerufen ward.

„Gott Palämon, fey willkommen!

„Sey gegrüſst, Leukothea!

Meynt ihr mich, ihr Nereïden?

Nehmt ihr mich zur Schweſter an?

Meynt ihr meinen Sohn, ihr Götter?

Nehmt ihr ihn zum Mitgott an?

Ihr allgütigen Erretter,

O! mein Dank ſoll nicht ermüden,

Weil mein Buſen athmen kann.

Und nun? ihr wendet euch ſo ſchnell
zurück?

Ihr eilt mit aufgehabnen Händen ⸴ ⸴ ⸴
Welch ein Blick!

T

Auf einem perlenhellen Wagen

Wird der Monarch der Wasserwelt

Hoch auf dem Saum der Flut getragen.

Bis an den Himmel flammt der goldene
Trident;

Ich höre feiner Rosse Braufen; fehe

Den Gott, den zweyten Gott der Götter.———

Der du mit Allmacht diefes Element

Beherrfcheft, o Neptun, mein König!
tragen

Die Räder deines Wagens dich

In diefen infelvollen Sund, und laffen

Den Sonnenwagen hinter fich,

Mir meine Gottheit anzufagen?

Ach! ewig foll mein Dank
Mit jeder Sonne foll mein lauter Lobgefang
Von allen Wellen wiederhallen.

Tönt in meinen Lobgefang,
.Wellen, Felfen und Geftade!
Sagt dem guten Gotte Dank!
Heil dem Gotte, deffen Gnade
Dich zur Göttinn auserfah,
Selige Leukothea!

Tochter der Unfterblichkeit,
In die tieffte Meereshöhle
Senke dein gehäuftes Leid!
Deine qualentladne Seele
Labe mit Ambrofia.

T 2

Tönt in meinen Lobgesang,

Wellen, Felsen und Gestade!

Sagt dem guten Gotte Dank!

Heil dem Gotte, dessen Gnade

Dich zur Göttinn ausersah,

Selige Leukothea!

Pygmalion,

eine Kantate.

Abgöttinn meiner Seele! wie?

Mit jedem Morgen schöner? — Ach, Elise!

Auch leblos bist du liebenswürdiger, als

diese,

Von der ich deinen Namen lieh.

So schön gebaut war meine junge Schwester nicht;

Auch saſs auf ihrem Augenliede

Nicht diese warme Zärtlichkeit;

Auch hatte sie das süſse Lächeln nicht,

Das an dem Rande dieses Mundes hängt. —

Glückseliger bin ich bey dir,

Glückseliger, wann diesen glatten Nacken
hier

Mein unbescholtner Arm umfängt,

Als in den Myrtenlauben.

Der Nymphen unsrer Flur.

Ach! daſs ich dich verlaſsen muſs!

Ach! daſs ich, sterblicher als du,

Unheiligen dich überlaſsen muſs! —

Gespielinn, Freundinn, Liebe!

O! winke mir nur einmal zu,

Weil doch kein Gott die Zunge dir ent-
bindet:

Daſs dich mein Seufzen rührt, dein Buſen Lieb' empfindet.

Ihr Götter! welche Phantaſeyn!
O Wahnſinn! , , , Wahnſinn, den ich
liebe! , , ,
Ihn hauchte mir ein Dämon ein. ——
Hoff' ich bey dir auf Gegenliebe,
Fühlloſer tauber Marmorſtein?

Biſt du zur Strafe mir ſo ſchön ge-
glückt?
Hat dir ein Gott in dieſe Wangen
Dieſs Lächeln mir'zur Qual gedrückt? ——
Was ſagt dieſs zärtliche Verlangen,
Das dir aus beiden Augen blickt?
Nicht wahr? „Wir leiden gleiche Pein.„

Ihr Götter! welche Phantaseyn!
O Wahnsinn! . . . Wahnsinn, den ich
liebe! . . .
Ihn hauchte mir ein Dämon ein. —
Hoff' ich bey dir auf Gegenliebe,
Fühllofer tauber Marmorstein?

Nicht taub, nicht fühllos, nein!
Ihr Auge giebt mir zärtliche Verweife; . .
Ihr Mund will zürnen. . . . Horch! dringt
nicht ganz leife
Der feinste Silberton hervor?
Eröffnen fich die halb gefchlofsnen Lippen
nicht? . . .
Sie öffnen fich! — Ach! dafs mein ir-
difch Ohr
Nicht fähig ist, den zarten Laut zu faffen!
Mich hört fie; denn ihr Auge fpricht,
Die Stirne denkt; — fie denkt gewifs. —

Ist nicht in jedem Baum ein Geist enthalten?

Warum nicht auch ein Geist

In dieser schönsten aller menschlichen Ge-
stalten?

Diess ist ja die Gestalt der Cypria,

Die ich bey Nacht in Träumen sah,

Die jeden Morgen um mich schwebte,

Indem mein arbeitsamer Stal

Ihr diesen Marmor nachzubilden strebte. —

Und führt' ich nicht einmal,

O wunderbares Schickfal! statt des Meissels,

In meinen Händen einen Pfeil?

Der war aus Amors Köcher! ,,, Ach! es
muss ein Theil

Der Gottheit, Liebe muss in diesem Bilde
wohnen:

Ein Keim von Lieb', ein Embryo von
Geist. ,, Ja, ja!

Schon ist er der Entwicklung nah.

T 5

Ich darf nur diesem kalten Haupte Leben,

Nur meine Würme diesem Herzen geben. —

Hat nicht Prometheûs seinen Thon

Durch einen Feuerfunken

Zum Leben angefacht?

Hat nicht der Juno Sohn,

Hephäſtos, Red' und Weisheit

In ein gegoſsnes Bild gebracht? (*)

Hat nicht Deukalion

Aus ungeformten Steinen

Ein Volk hervorgebracht? — —

Ach! armer Sterblicher!

Was iſt dein Feuer, was dein Odem,

Ohn' eines Gottes Macht? —

Verlaſſener Pygmalion!

(*) Iliade, XVIII. 417. u. f.

Wer von den Göttern wird dein Werk
vollenden?

Wer wird ein himmlisch Licht in diese
Stirne senden?

O Venus Urania! bracht' ich nur dir,

So bald Aurora mich weckte,

So bald mich Hesperus hier

Am Busen Elisens entdeckte,

Nur dir auf jedem Altar,

Im Hain, am Ufer, auf Höhen, auf
Wiesen,

Wo nur ein heil'ger Stein, wo nur
ein Rasen war,

Das erste Weihrauchopfer dar:

So höre mein Gebet: Belebe mir
Elisen!

Hab' ich die Töchter dieſer Inſel je

Zu deinem reinen Dienſt beſchworen;

Hab' ich dein Cypern vom Altar

Der Aftergöttinn abgezogen;

Hab' ich zu tadelloſen Prieſterinnen dir

Die jüngſte Blüthe meines Volks erkohren:

O Göttinn! ſo begnadige

Mit dieſem einzigen Geſchenke deinen
Freund:

Laſs Blut in dieſe Wange rinnen!

Geuſs Feuer in dieſs Auge!

Erweiche dieſe Bruſt! — — — ,

(Die Inſtrumente verfolgen das Gebet noch
weiter, indeſſen Pygmalion ſchweigend zu
bitten ſcheint. Hierauf fallen ſie in einen nachdenklichen und zweifelhaften
Ton: bis endlich Pygmalion ſeine Zweifel mit Worten ausdruckt.)

Nein, Aphrodite, nein,

Du kannſt mich nicht erhören:

Die Macht, die dir das Schickſal gab, iſt
       allzuklein. — —

     (Die Inſtrumente kündigen, während der
       kurzen Pauſe, abermals einiges Nach-
       denken an.)

Doch wie? Beherrſcherinn der Sphären?

Der Waſſer? aller Erdbewohner? — —
          Nein,

Du willſt mich nicht erhören!

Du willſt nicht! dieſe würde ſchöner ſeyn,

Als deine ganze göttliche Geſtalt , , ,
          o Himmel!

Der Boden wankt! das offene Gewölbe
       zittert!

Ein Stral, ein Schwefelkeil , , er zielt
       auf mich!

Eliſe , , Wehe mir! ſie wird zerſplittert!

Ich Läſterer! die Gottheit rächet ſich. — — —

    (Die Inſtrumente gehen allein, und drük-
      ken Erſtaunen aus.)

Wo bin ich? leb' ich? , , rund umflossen

Von himmlischen Gerüchen? , , ,

Ha! welch ein reiner Strom von Licht

Ist über meinem Bildnifs ausgegossen! , , ,

Ihr Götter! Ists ein Traum? , , ihr Angesicht , ,

Es röthet sich! , , ihr Auge lebt! , ,

Mit einem tiefen Seufzer hebt

Ihr Busen sich empor! —

Erstickendes Vergnügen! tödte mich nicht
ehe,

Bis ich sie an mein Herz gedrückt. —

Nun hebt sie Haupt und Hand

Voll freudiger Erstaunung in die Höhe.

Dankt sie der Göttinn? Ja, sie dankt!
sie dankt!

(Die Instrumente gehen eine kurze
Zeit allein, und drücken Entzük-
kung aus.)

Nun senkt sie Haupt und Hand

Herab; bewundert nun den neuen Leib,

Betastet ihr in Purpurflohr

Verwandeltes Gewand , , ,

O gute Göttinn! nun erblickt sie mich.

Erschrick nicht! ich bin dein,

Dein bin ich, meine Liebe!

Du bist für mich lebendig, du bist mein!

Gieb mir die Hand, — wie weich! wie
warm! —

Und steig' herab, und komm in meinen
Arm! — — —

(Die Instrumente gehen allein, und
drücken schmeichelnde Liebe aus.)

Itzt fühlst du doch? itzt fühlst du meinen Kuss, Elise? —

Schlägt dieses Herz vor Furcht? schlägt
es vor Liebe? —

Fühlſt du, wie meines ihm entgegen-
      ſchlägt? — —
Wie? meine Braut! du kannſt mir nichts
      zur Antwort geben? —
Ah! bald ſollſt du mir Antwort geben!

Bald ſollen dieſe Lippen mich
Pygmalion! mein Trauter! nennen;
Bald ſoll dein ſüſser Mund mir zärtlich
      ſagen können:
Pygmalion! ich liebe dich!

So bald dein Aug' erwacht, will ich
      dich lallen lehren:
Ich liebe dich!
Und eh' dein Aug' entſchläft, ſollſt du
      noch einmal hören:
Ich liebe dich!

Bald ſollen dieſe Lippen mich
Pygmalion! mein Trauter! nennen;

Bald soll dein süfser Mund mir zärtlich
    sagen können:

Pygmalion! ich liebe dich!

Ja, diese leichte Mühe,

Diefs selige Geschäfft,

Diefs stündliche Vergnügen

Behielt mir meine Göttinn vor.

Allgütige! wofern dich hier

Noch dein ambrosisches Gewölk umhüllt;

So siehe hier mich in den Staub gebückt:

Mit Freudenthränen dank' ich dir!

O Venus Amathusia,

Die du die grünzenlosen Wünsche

Des kühnsten Sterblichen erfüllteft,

U

Nimm an das Reinefte, was ich dir

opfern kann,

Nimm meinen frommen Dank,

Nimm meinen lauten Lobgefang

Für deine Schöpfung an!

Alexanders Feſt,

oder

Die Gewalt der Muſik,

eine Kantate.

**Auf den Tag der Cäcilia, der Erfin-
derinn der Orgel.**

(Zu der Händeliſchen Muſik aus dem Engliſchen des
Dryden uberſetzt.)

Am königlichen Feſt, als Perſis fiel

Durch Philipps tapfern Sohn,

Saſs hoch, in ſtolzem Pomp,

Der göttergleiche Held

Auf feinem furchtbarn Thron:

Der Feldherrn Trupp rund um ihn her,

Im Haare Rofen, Myrten um den Schlaf,

(Der Sieger Haupt verdient den Kranz!)

Die holde Thais neben ihm,

Des Aufgangs bluhmengleiche Braut,

Wie Hebe jung, wie Hebe fchön.

  Selig, felig, felig Paar!

  Nur unfer Held,

  Nur unfer Held,

  Nur unfer Held (*)

  Verdient die Braut.

(*) *Bey der Wiederholung:*

  Nur unfer Held, er, er, &c.

Der Sänger ragt hervor,

Vom lauten Chor umringt:

Er rührt sein Spiel mit rascher Hand,

Ein wirbelnd Lied durchwallt die Luft,

Und Wonne schwellt die Brust.

Das Lied begann vom Zevs,

Der seinen sel'gen Sitz verliefs:

(So mächtig ist der Liebe Zug!)

Ein feuerrother Drach umhüllt den Gott;

Er fährt in lichten Kreisen hin

Zur reizenden Olympia,

Sucht voll Begier die Schwanenbrust,

Und krümmt sich um den schlanken Leib,

Und prägt ein Bildniſs von sich selbſt,

Den zweyten Herrn der Welt.

Den ſtillen Trupp entzückt das hohe
Lied;

Seht unſre Gottheit hier! ſchallt laut
empor;

Seht unſre Gottheit hier! tönt wieder laut zurück.

Der König horcht

Mit ſtolzem Ohr,

Dünkt ſich ein Gott,

Bewegt ſein Haupt,

Und wähnt, es bebt die Welt.

Des Bacchus Lob ſtimmt nun der ſüſse
Künſtler an,

Des Bacchus, ewig ſchön und ewig jung.

Der Freuden Gott zeucht aus im Pomp:

Tönt, Drommeten! Zimbeln, klingt!

Im schönsten Purpur glüht

Sein lachend Angeficht.

Oboen hallet laut! er kömmt! er kömmt!

Bacchus, ewig jung und schön,

Lehret uns den Reihentrunk.

Bacchus Schlauch ist unser Erbtheil,

Trinken ist der Krieger Labsal:

Reich das Erbtheil!

Süfs das Labsal!

Süfs das Labsal nach dem Streit!

Siegprangend fühlt der Held das Lied:

Ficht alle seine Schlachten durch,

Befieget dreymal feinen Feind,

Schlägt dreymal, den er fchlug.

Der Sänger merkt, wie Wut ihn fchwellt,
Die Wange glüht, das Auge ftralt:
Schnell, weil er Erd' und Himmel pocht,
Aendert er, und zähmt die Wut.

Nun flöfst fein Trauerton
Sanft Mitleid in das Herz.

Er fang den Perfer, grofs und gut,
Der durch des Schickfals Wut
Fällt, fällt, fällt, fällt,
Von feiner Höhe fällt,
Und fich im Blute wälzt,
Verlaffen in der letzten Noth
Von allen, die fein Herz geliebt,

Auf blofsen Sand dahingeftreckt:

Bis, ohne Freund, fein Auge bricht.

Gefenkt das Haupt, fitzt der muth-
lofe Held,

Bedenket mit gerührter Bruft

Den Wechfellauf des fchnellen Glücks;

Dann ftiehlet fich ein Seufzer fort,

Und Zähr' auf Zähre fleufst. (*)

(*) *Bey der Wiederholung:*

Seht an den Perfer, grofs und gut,

Der durch des Schickfals Wut

Fällt, fällt, fällt, fällt,

Aus der Höhe fällt,

Und fich im Blute wälzt;

(Er wälzet fich im Blut!)

Auf blofsen Sand dahingeftreckt:

Bis, ohne Freund, fein Auge bricht.

Der Meister lächelt, weil er sieht,

Daſs Lieb' im Hinterhalte schläft:

Verwandte Töne wecken sie;

Denn Mitleid schmelzt zur Lieb' ein Herz.

Töne sanft, du Lydisch Brautlied!

Wieg' ihn ein in süfse Wolluſt!

Krieg, o Held, iſt Sorg' und Arbeit;

Ehrsucht gleich den Wasserblasen:

Wächset immer, füllt sich nimmer;

Kämpfet stets, muſs stets verheeren.

Sauer ward der Sieg der Welt dir:

Nimm, o! nimm hier die Belohnung!

Thais ſitzet dir zur Seite:

Nimm den Lohn! ihn gab ein Gott dir.

Die ganze Schaar erhebt ein Lobgeſchrey:

Heil, Liebe, dir! (*) dir, Tonkunſt, Ehr'
und Dank!

Der Fürſt, der ſeine Glut umſonſt verhehlt,

Blickt an den Reiz, der ihn entzückt,

Und ſeufzt, und blickt,

Und blickt, und ſeufzt aufs neu.

Nun fällt, von Lieb' und Wein zugleich
beſtürmt,

Der matte Sieger fällt in Thais Arm.

(*) *Bey der Wiederholung:*

Dir, Liebe, Heil! Dir Heil!

Erschalle, goldnes Saitenspiel!

Mit lautem Ton! und noch mit lau-
term Ton!

Brich die Bande seines Schlummers,

Und weck' ihn, stürm' ihn auf mit
lautem Donner!

Horch! horch! der Donnerton

Hat ihn aufgeschreckt.

Er erwacht, als vom Grab',

Und erstaunt, und starrt umher.

Gieb Rach'! gieb Rach'! gieb Rach'!
heult alles laut.

Sieh die Furie naht!

Sieh die Schlang' um den Schlaf,

Wie sie rollt, wie sie zischt,

Wie die Flamme den Augen entführt!

Ha! welche bleiche Schaar

Schwingt den Brand in der Faust!

Ihr Geister des Heers,

Auf dem Blutfeld' erwürgt,

Und des Grabes beraubt,

Ihr klagt uns eure Schmach!

Rache, Rache gieb

Deinem wackern Heer!

Blick' auf, wie die Schaar den Lösch-
brand erhebt!

Wie sie winkt auf Perfepolis hin,

Auf falscher Götter stolze Tempel hin!

Es jauchzen die Fürſten voll trunkner
Wut,

Und der Held hat zum Unglück die Fak-
kel entbrannt. (*)

Thais führt ihn an,

Und leuchtet zum Verderb.

Durch Thais und Helenen

Entbrennt ein Ilion.

So ſtimmte vor,

Als Bälge noch nicht athmeten,

Der Orgel Mund noch ſchwieg,

(*) *Bey der Wiederholung:*

Die Fürſten, ſie jauchzen,

Voll von trunkner Wut;

Der Held hat die Fackel &c.

Der Grieche feiner Flöte Ton,

Der Saiten Chor

Zu Stolz und Wut und Schmerz und
     fanfter Zärtlichkeit.

Vom Himmel kam Cäcilia,

Entwarf den liedervollen Bau.

Die Zauberhafte, reich an Phantafey,

Schafft Raum der eingefchränkten Kunft,

Dehnt pompreich, dehnt den Lobgefang,

Von höherm Geift entflammt, in taufend

     Stimmen aus. (*)

(*) *In der Mufik:*

In taufend Stimmen aus, entflammt
     von höherm Geift,

Entflammt von Geift, von höherm Geift
     entflammt.

Timotheus, tritt ab den Preis!

Nein, beide theilt den Kranz!

Er hob den Menſchen himmelan,

Sie zog den Gott herab.

Geistliche

Kantaten.

Der

Prinzeſſinn

A M A L I A

von Preuſsen,

Aebtiſſinn zu Quedlinburg

Königlichen Hoheit.

(Bey Ueberreichung der Kantate vom Tode Jeſu, welche nach Ihrem eigen-
händigen Entwurfe verfertigt ward,
um von Ihr ſelbſt in Muſik geſetzt
zu werden.)

Vom ganzen Walde wählt mein
Lied

Die Zeder, die gen Himmel blüht,

Die Rose, von den Bluhmenbeeten,

Berlin, von allen Königsſtädten:

Ich will den Weiſen und den Held,

Von allen Göttern dieſer Welt,

Und von Göttinnen, dieſes Weiſen

Und dieſes Helden Schweſter preiſen.

Mit allen Grazien hat Sie

Die ewigjunge Harmonie,

Des Himmels Tochter, ausgeschmük-

ket;

Auch hat sie tief Ihr eingedrücket

Den Wohllaut, der vom Himmel

stammt;

Denn beides ist ihr irdisch Amt:

Sie lehret Eintracht in den Tönen,

Und stimmt das Angesicht der Schönen.

Bald greift die hohe Sängerinn

Nach einer ernsten Harfe hin:

Sie läfst die Saiten Affaphs klingen,

Und Ihren Dichter den befingen,

Der Zions König war, den Held,

Der blutig sterbend eine Welt

Und eine Nachwelt glücklich machte,

Und Frieden vom Olympus brachte.

Amalia, Dein Trauerton

Durchschallt das Land. Ich sehe schon

Die Dankbarkeit und Wehmuth Zei-

chen,

Geweint von Fürsten, die Dir gleichen;

Ein Engel faßt sie heilig auf,

Bis sie, nach dieser Zeiten Lauf

Dein letztes Diadem zu zieren,

In tausend Perlen sich verlieren.

Die

Hirten bey der Krippe

zu Bethlehem.

Die

Hirten bey der Krippe

zu Bethlehem.

(Den Eingang macht ein Hirtenlied von Instrumenten gespielt.)

Recitativ.

Hier schläft es, — o wie süfs! — und
lächelt in dem Schlafe,
Das holde Kind.
Hier schläft das Kind vom Stamm des
Hirten David.

Hier fchläft auf weichem Klee, auf frifch
               gemähten Bluhmen
Der Hirten Gott.
  Ja, ja! der Hirten Gott!
  Bald wird man Ströme Milch auf allen
               Auen fehen,
  Wo Lämmer mit den Müttern gehen.
  Die Felfen giefsen Oel herab.
  Die goldnen Aernten brechen
  Aus ungepflügter Erd' hervor.
  Aus hohlen Weyden an den Bächen
  Rinnt Honig in die Flut.
  Wenn Tabor fich und Hermon fich
  In neue Blüthen hüllen,
  Trägt Karmel dort fein Haupt von Früch-
               ten fchwer empor.
  Der Treiber bindet feine Füllen
  An einen Weinbeerbaum,
  Und wäfchet feines Kleides Saum
  In Traubenblut.

Arie.

Hirten aus den goldnen Zeiten,
Blaſt die Flöten, rührt die Saiten!
Euer Tagewerk ſey Freude,
Euer Leben ſey Geſang!

Gott der Hirten, deſſen Macht
Aus der Wüſte Sin und Kades
Einen Garten Gottes macht,
Ach! mit welchen Zungen
Wird dein Lob geſungen? —
Nimm zum Lobe meine Freude,
Meine Freude ſey mein Dank.

Hirten aus den goldnen Zeiten,
Blaſt die Flöten, rührt die Saiten!
Euer Tagewerk ſey Freude,
Euer Leben ſey Geſang!

Recitativ.

A.

Der Löwe wiegt in seinen Klauen

Das kleine Lamm;

Aus Einer Hürde gehn die Kühe, die
Löwinnen,

Und ihre Jungen spielen drinnen:

Denn Schilo weidet, und sein Stab

Ist sanft, und seiner Nieren Gurt ist Friede.

B.

Die Bogen sind zerbrochen,

Die Wagen sind verbrannt;

Die Schwerter fällen Saaten nieder;

Des Kriegers Lanze steht, und wurzelt
in das Land,

Und strebet in die Luft, und wird ein
Oelbaum wieder:

Denn Schilo weidet, und sein Stab

Ist sanft, und seiner Nieren Gurt ist Friede.

Duett.

A.

Kehre wieder, holder Friede!
Mache doch die Kreatur,
Wie sie war in Edens Flur!
Ihrer Zwietracht ist sie müde.

B.

Kehre wieder, holder Friede!
Komm von deines Gottes Thron,
Wo du vormals hingeflohn!
Unsrer Zwietracht sind wir müde.

A. B.

Erd' und Himmel sey, wie vor,
Ein Gesang, Ein Chor!

Recitativ.

Die Pestilenz darf ferner nicht
In Finsternissen schleichen;
Der heiße Mittag tödtet nicht,
Und sendet keine Seuchen.

Jehova führet durch den Himmel,
Und sieht sein seliges Geschlecht.
Unschädlich rollt sein ehrner Wagen
Hoch über unfern Häuptern hin;
Wir sehen Majestät, und sagen:
„Im Himmel wird Jehova thronen,
„Und unser Schilo wird bey seinen Hir-
ten wohnen!„

Arie.

Schönstes Kind aus Juda Samen,
Wachse bald!
Daß es bald ein Himmel werde,
Dieses weite Rund der Erde,
Dein gebenedeytes Land.

Lobt, ihr Stummen! hüpft, ihr Lahmen,
Wie die Rehe durch den Wald!
Hört, ihr Tauben, unfre Lieder!
Blinde, seht die Schöpfung wieder!
Schmerz und Plage sind verbannt.

Schönstes Kind aus Juda Samen,
Wachse bald!
Daß es bald ein Himmel werde,
Dieses weite Rund der Erde,
Dein gebenedeytes Land.

Recitativ.

Ach seht! das Kind erwacht.

Es stralt ein Gott aus seinen Augen.

   Ach! welch ein Gott! —

   Er tritt auf Magogs Bauch:

   Blut klebt an seiner Ferse.

   Sie stürzen in den Abgrund,

   Die Geister aus der alten Nacht;

   Der Abgrund schliefst sich hinter ihnen:

   Die Welt ist rein, die Schöpfung lacht.

Nein, keinen Erdensohn,

Den erstgebornen Gottessohn

Hat uns in dieser Mitternacht

Der oberste der Seraphinen,

Eloa, kund gemacht.

Y

Wir lagen schaudernd auf dem Boden:
Urplötzlich ward es licht.
Ein ganzes Heer verklärter Himmelsſöhne
Stand auf der Luft, und ſang.

    Vergeſs' ich dieſes Liedes
    In meinem ganzen Leben:
    So müſſe meine Zunge
    An meinem Ganmen kleben.

Stimmt an das Lied der Oberwelt!
Damit es unſer Held,
Der neugeborne Heiland, höre.

Chor.

    Ehre! Ehre! Ehre!
Ehre ſey Gott in der Höhe!
Friede ſey auf Erden!
Ein Wohlgefallen den Menſchen!

Der Tod Jefu.

Der Tod Jesu.

Choral.

(Mel. O Haupt, voll Blut und Wunden!)

Du, deſſen Augen floſſen,

So bald ſie Zion ſahn

Zur Frevelthat entſchloſſen

Sich ſeinem Falle nahn,

Wo ist das Thal, die Höhle,

Die, Jesu, dich verbirgt?

Verfolger seiner Seele,

Habt ihr ihn schon erwürgt?

Solo.

*Sein Odem ist schwach; — seine
Tage sind abgekürzet. — Seine Seele
ist voll Jammer; — sein Leben ist
nahe bey der Hölle.*

Recitativ.

Ihr Palmen in Gethsemane,
Wen hört ihr so verlassen trauern?
Wer ist der ängstlich sterbende? ...
Ist das mein Jesus? — Bester aller Men-
schenkinder,
Du zagst? du zitterst? gleich dem Sünder,
Auf den sein Todesurtheil fällt?

Ach feht! er finkt, belaftet mit den Miſ-
        fethaten
Von einer ganzen Welt.
Sein Herz, in Arbeit, fliegt aus feiner Höhle.
Sein Schweiſs rollt purpurroth
Die Schläf' herab. Er ruft: „Betrübt ift
        meine Seele

„Bis an den Tod!
„Laſs, Vater, diefe Stunde , , ,
„Laſs fie vorübergehn!
„Nimm weg, nimm weg den bittern Kelch
        von meinem Munde! — —
„Du nimmft ihn nicht? — — Wohlan!
        dein Wille foll gefchehn!„

Arie.

Held, auf den der Tod den Kücher

Ausgeleert,

Hör' am Grabe den, der fchwächer,

Troft begehrt!

Gottmenfch, nimm dich feiner an!

Wann ich am Rande dieses Lebens
Abgründe sehe, wo vergebens
Mein Geist zurücke strebt;
Wann ich den Richter kommen höre
Mit Wag' und Donner, und die Sphäre
Von seinem Fußtritt bebt:

Welch ein Gott vertritt mich dann?

Held, auf den der Tod den Köcher
Ausgeleert,
— Hör' am Grabe den, der schwächer,
Trost begehrt!
Gottmensch, nimm dich seiner an!

Choral.

Wen hab' ich sonst, als dich allein,
Der mir in meiner letzten Pein
Kann Stärke, Trost und Hoffnung
geben?

Wer nimmt sich meiner huldreich an,

Wenn ich von dem, was ich begann,

Soll Rechenschaft dem Höchsten geben?

Wer ist der Freund, der für mich spricht,

Bist du es, Gott, mein Heiland, nicht?

Recitativ.

Der Held erhebt sich von der Erde,
An seines Engels Hand,
Und sucht die Jünger auf, die seine Seele
liebet.
Die Jünger hat ein Schlummer übermannt;
Hier liegen sie gestützt, mit trauriger
Geberde.
Betrachtend steht der Menschenfreund, und
spricht,
Mit über sie gehängtem holdem Angesicht:
„Der Geist ist willig, nur der Leib ist
schwach!,,
Und bückt sich, Petrus Hand sanft anzu-
rühren, nieder:

„Auch du bist nicht mehr wach?
„O! wacht und betet, meine Brüder!„

Terzett.

A. B. C.

Rette mich, ich flehe dir,
Gott der Menschen, Gott der Götter!
Rette mich!

A.

Die mich liebten, fliehn zurück,
Mächtig sind sie, die mich hassen,
Schwach bin ich.

B.

Offne Gräber drohen mir,
Stürme, Fluten, Donnerwetter
Rüsten sich.

C.

Sieh, wie mich des Todes Strick',
Und der Höllen Band' umfassen!
Rette mich!

A. B. C.

Rette mich, ich flehe dir,
Gott der Menfchen, Gott der Götter!
Rette mich!

Tutti.

Herr, höre die Stimme unferes
Flehens, wann wir zu dir fchreyen,
wann wir unfere Hände erheben zu
deinem heiligen Chor.

Recitativ.

Es klingen Waffen, Lanzen blinken bey
dem Schein
Der Fackeln; Mörder dringen ein,
Ich fehe Mörder! — Ach! es ift um ihn
gefchehen.
Er aber, unerfchrocken, nahet fich
Den Feinden felbft; grofsmüthig fpricht er:
„Sucht ihr mich,
„So laffet meine Freunde gehen.„

Die fchüchternen Gefährten fliehn auf die-

　　　ses Wort.

Ihn bindet man, ihn führt man fort.

Sein Petrus folgt, der einzige von allen,

Er folgt, zur Hülfe fchwach, von fern;

Mitleidig folgt er feinem Herrn

Zum fchrecklichen Palafte

Des Hohen Priefters Kajaphas.

Was hör' ich hier? — Ach! Petrus felber

　　　fpricht:

Ich kenne diefen Menfchen nicht? —

Wie tief bift du von deinem Edelmuth

　　　gefallen! —

Doch fiehe! Jefus wendet fich,

Und blickt ihn an. Er fühlt den Blick,

Er geht zurück,

Er weinet bitterlich.

Aric.

Ihr weich gefchaffnen Seelen,

Ihr könnt nicht lange fehlen;

Bald höret euer Ohr
Das strafende Gewissen,
Bald weint aus euch der Schmerz.

Ihr thränenlosen Sünder, bebet!
Einst, mitten unter Rosen, hebet
Die Reu den Schlangenkamm empor,
Und füllt mit unheilbaren Bissen
Dem Frevler an das Herz.

Ihr weich geschaffnen Seelen,
Ihr könnt nicht lange fehlen;
Bald höret euer Ohr
Das strafende Gewissen,
Bald weint aus euch der Schmerz:

Tutti.

Unsere Seele ist gebeuget zur Erden: o wehe! daß wir so gesündiget haben!

Recitativ.

Jerusalem, voll Mordlust, ruft mit wil-
dem Ton:

„Sein Blut komm' über uns und unsre
Söhn' und Töchter!„

Du siegst, Jerusalem! und Jesus blutet
schon;

In Purpur ist er schon des Volkes Hohn-
gelächter:

Damit er ohne Trost in seiner Marter sey,

Damit die Schmach sein Herz ihm breche.

Voll Liebe steht er da, von Gram und
Unmuth frey,

Und trägt sein Dornendiadem. —

Und eine Vatermörderhand faßt einen
Stab

Und schlägt sein Haupt: ein Strom quillt
Stirn und Wang' herab.—

Seht, welch ein Mensch! — Des Mitleids
Stimme

Vom Richtſtul des Tyrannen ſpricht:

Seht, welch ein Menſch! — und Juda
hört ſie nicht;

Und legt dem Blutenden, mit noch nicht
müdem Grimme,

Den Balken auf, woran er langſam ſter-
ben ſoll:

Er trägt ihn willig fort, und ſinkt in
Ohnmacht. —

Nun kann kein edles Herz die Wehmuth
mehr verſchlieſsen,

Die lang' verhaltnen Thränen flieſsen.

Er aber ſieht ſich tröſtend um, und ſpricht:

„Ihr Töchter Zions, weinet nicht!„

Arie.

So ſtehet ein Berg Gottes,

Den Fuß, in Ungewittern,

Das Haupt, in Sonnenſtralen:

So ſteht der Held aus Kanaan.

Der Tod mag auf den Blitzen eilen,
Er mag aus hohlen Fluten heulen,
Er mag der Erde Rand zerſplittern:
Der Weiſe ſieht ihn heiter an.

So ſtehet ein Berg Gottes,
Den Fuß, in Ungewittern,
Das Haupt, in Sonnenſtralen:
So ſteht der Held aus Kanaan.

Choral.

Zu deiner Ehre will ich alle
Plagen,
Schmach und Verfolgung, ohne Mur-
ren tragen;
Nach deinem Beyſpiel will ich ſelbſt
mit Freuden
Den Tod erleiden.

Recitativ.

Da ſteht der traurige, verhängnißvolle Pſal.
Unſchuldiger! Gerechter! hauche doch einmal

Die matt gequälte Seele von dir! —
    Wehe! Wehe!

Nicht Ketten, Bande nicht, ich fehe

Gefpitzte Keile! — Jefus reicht die Hän-
    de dar,

Die theuren Hände, deren Arbeit Wohl-
    thun war.

Auf jeden wiederholten Schlag durch-
    fchneidet

Die Spitze Nerv', und Ader, und Gebein. Er leidet

Es mit Geduld, bleibt heiter, und hängt
    da,

Zur Schmach erhöht, voll Blut, in To-
    desfchmerzen,

Am Golgatha. —

Ihr Männer Ifraels, o! ruft in eure Her-
    zen

Erbarmung! Lafst die Rach' im Tode ruhn! —

Z

Umſonſt! Die Väter höhnen ihn:

Ihr Hohn iſt bitter, grauſamfröhlich ihre
Mienen.

Und Jeſus ruft: „Mein Vater! ach! ver-
gieb es ihnen!

„Sie thun unwiſſend, was ſie thun.„

Duett.

A.

Feinde, die ihr mich betrübt,

Wiſſet, daß mein Herz euch liebt:

Euch verzeihn, iſt meine Rache.

B.

Die ihr mich im Unglück ſchmäht,

Hört mein ernſtliches Gebet:

Daß euch Gott beglückter mache!

A. B.

Jeſu, wir ſind deine Kinder,

Sanfter Held, wir folgen dir!

A.

Heilig ist Gott Zebaoth,
Und erträgt den Missethäter
Mit erbarmender Geduld.

B.

Mächtig ist der Welten Gott:
Und erzeigt dem Hochverräther
Stündlich neue Gnad' und Huld.

A. B.

Ihr nur eifert über Sünder,
Grausam, Sünder, eifert ihr.

A.

Feinde, die ihr mich betrübt,
Wisset, daß mein Herz euch liebt:
Euch verzeihn ist meine Rache.

B.

Die ihr mich im Unglück schmäht,
Hört mein ernstliches Gebet:
Daß euch Gott beglückter mache!

A. B.

Jesu, wir sind deine Kinder,
Sanfter Held, wir folgen dir!

Recitativ.

O! welch ein neuer Gräuel kränket

Den Heiligen in Israel! Wo find' ich ihn?

Hier unter Missethätern aufgehenket,

Woran erkenn' ich ihn? —

An seiner Tugend. —

Schmach, Folter, Todesangst vergißt er,
und bedenket,

Maria, dein verlaßnes Alter, und ertheilt

Dem Freunde seines Busens diesen letzten
Willen:

„O Jüngling, das ist deine Mutter!„ —
Dieser eilt,

(Ein Schüler Jesu!) sein Vermächtniß zu
erfüllen:

Und Jesus sieht es an; —

Und wird noch mehr entzückt, und füh-
      let keine Wunden,
Weil er itzt einen Stral von Troſt den
      trüben Stunden
Noch Eines reuerfüllten Sünders ſchen-
      ken kann.
Er kehrt ſein Antlitz hin zu dem an ſei-
      ner Seite
Gekreuzigten Verbrecher, ihm zu pro-
      phezeihn:
„Ich ſage dir, du wirſt noch heute
„Mit mir im Paradieſe ſeyn!„

Arie.

Singt dem göttlichen Propheten,

Der den Troſt vom Himmel bringet:

Daß der Geiſt ſich aufwärts ſchwinget;

Erdenſöhne, ſingt ihm Dank!

Die du von dem Staube flieheſt,

Und die rollenden Geſtirne

Unter deinen Füßen ſieheſt,

Nun genieße deiner Tugend!
Steig' auf der Geschöpfe Leiter
Bis zum Seraph! Steige weiter!
Seele, Gott sey dein Gesang!

Singt dem göttlichen Propheten,
Der den Trost vom Himmel bringet:
Daß der Geist sich aufwärts schwinget;
Erdensöhne, singt ihm Dank!

Chor 1.

Gelobet sey der Herr, der unsre
Seelen erlöset hat, dafs sie nicht hin-
unter fahren ins Verderben!

Chor 2.

Gelobet sey der Herr! er wird
uns aus der Erde wieder auferwek-
ken, und wir werden Gott in unserm Fleische sehen.

Chor 1. 2.

Selig find die Todten, die in dem
Herren fterben, von nun an!

Recitativ.

Auf einmal fällt der aufgehaltne Schmerz

Des Helden Seele wütend an: fein Herz

Hebt die gefpannte Bruft; — in jeder
Ader wühlet

Ein Dolch; — fein ganzer Körper fliegt

Am Kreuz empor; — er fühlet

Des Todes fiebenfache Gräuel; — auf
ihm liegt

Die Hölle ganz; — er kann ihn nicht
mehr faffen,

Den Schmerz, der ihn allmächtig drückt,

Er ruft: „Mein Gott! mein Gott! wie haft
du mich verlaffen!„ ——

Auch diefe finftre Stunde rückt

Vorbey. Nun seufzet er: „Mich dürstet!„
      Ihn erfrischet
Sein Volk mit Wein, den es mit Galle
      mischet. — —
Nun steigt sein Leiden höher nicht;
Nun triumphirt er laut, und spricht:
„Es ist vollbracht! Empfang', o Vater,
      meine Seele!„
Und neigt sein Haupt auf seine Brust, —
      und stirbt.

Accompagnement.

Es steigen Seraphim von allen Sternen
      nieder,
Und klagen laut: Er ist nicht mehr!
Der Erde Tiefen schallen wieder:
Er ist nicht mehr!

      Erzittre, Golgatha! er starb auf
      deinen Höhen.
      O Sonne, fleuch! und leuchte diesem
      Tage nicht!

Zerreiße, Land, worauf die Mörder
stehen!
Ihr Gräber, thut euch auf! ihr Väter,
steigt ans Licht!
Das Erdreich, das euch deckt,
Ist ganz mit Blut befleckt.

Er ist nicht mehr! So sagt
Ein Tag dem andern Tage:
Er ist nicht mehr!
Der Ewigkeiten Nachhall klage:
Er ist nicht mehr!

Choral.

Ihr Augen, weint!
Der Menschenfreund
Verläfst fein theures Leben.
Künftig wird fein Mund uns nicht
Lehren Gottes geben.

Solo.

Weinet nicht! es hat überwun-
den der Löwe vom Stamm Juda.

Choral.

Ihr Augen, weint!
Der Menſchenfreund
Sinkt unter tauſend Plagen.
Konnte ſeine ſanfte Bruſt
So viel Schmerz ertragen?

Solo.

Weinet nicht! es hat überwunden
der Löwe vom Stamm Juda.

Choral.

Ihr Augen, weint!
Der Menſchenfreund

Der Edle, der Gerechte,
Wird verachtet, wird verschmäht,
Stirbt den Tod der Knechte.

Solo.

Weinet nicht! es hat überwunden
der Löwe vom Stamm Juda.

Schlufschor.

Hier liegen wir gerührten Sünder,
O Jefu, tief gebückt,
Mit Thränen diefen Staub zu netzen,
Der deine Lebensbäche trank:
Nimm unfer Opfer an!

Freund Gottes und der Men-
fchenkinder,
Der feinen ewigen Gefetzen

Des Todes Siegel aufgedrückt,
Anbetung fey dein Dank!
Den opfre jedermann!

Hier liegen wir gerührten Sünder,
O Jefu, tief gebückt,
Mit Thränen diefen Staub zu netzen,
Der deine Lebensbäche trank:
Nimm unfer Opfer an!

Die
Auferstehung
und
Himmelfahrt Jesu.

Die

Auferstehung

und

Himmelfahrt Jesu.

———

Chor.

Gott! du wirst seine Seele nicht in der Hölle laſſen, und nicht zugeben, daſs dein Heiliger die Verweſung ſehe!

Recitativ.

Judäa zittert! feine Berge beben!

Der Jordan flieht den Strand! —

Was zitterſt du, Judäens Land?

Ihr Berge, warum bebt ihr ſo?

Was war dir, Jordan, daſs dein Strom
zurücke floh? —

Der Herr der Erde ſteigt

Empor aus ihrem Schooſs, tritt auf den
Fels, und zeigt

Der ſtaunenden Natur ſein Leben. —

Des Himmels Myriaden liegen auf der
Luft

Rings um ihn her; und Cherub Michael
fährt nieder,

Und rollt des vorgeworfnen Steines Laſt

Hinweg von ſeines Königs Gruft.

Sein Antlitz flammt, ſein Auge glühet.

Die Schaar der Römer stürzt erblaſst
Auf ihre Schilde: „Flieht, ihr Brüder!
„Der Götter Rache trifft uns! fliehet!„

Arie.

Mein Geiſt, voll Furcht und Freude,
bebet:
Der Fels zerſpringt! die Nacht wird licht!
Seht, wie er auf den Lüften ſchwebet!
Seht, wie von ſeinem Angeſicht
Die Glorie der Gottheit ſtralt!

Rang Jeſus nicht mit tauſend
Schmerzen?
Empfieng ſein Gott nicht ſeine Seele?
Floß nicht ſein Blut aus ſeinem
Herzen?
Hat nicht der Held in dieſer Höhle
Der Erde ſeine Schuld bezahlt?

Mein Geiſt, voll Furcht und Freude,
bebet:

Der Fels zerſpringt! die Nacht wird licht!

Seht, wie er auf den Lüften ſchwebet!

Seht, wie von ſeinem Angeſicht

Die Glorie der Gottheit ſtralt!

Choral.

Triumph! Triumph! des Herrn
Geſalbter ſieget!
Er ſteigt aus ſeiner Felſengruft.
Triumph! Triumph! ein Chor von
Engeln flieget
Mit lautem Jubel durch die Luft.

Recitativ.

Die frommen Töchter Zions gehn
Verwundernd durch des offnen Grabes
Thür;

Und schaudernd fahren sie zurück. Sie
    sehn,

In Glanz gehüllt, den Boten

Des Ewigen, der freundlich spricht:

„Entsetzt euch nicht!

„Ich weiß, ihr suchet euren Todten,

„Den Nazaräer Jesus h'er,

„Daß ihr ihn salbt, daß ihr ihn klagt.

„Hier ist er nicht vorhanden.

„Er hat es euch zuvor gesagt:

„Er lebt! er ist erstanden!„

Arie.

Sey gegrüßet, Fürst des Lebens!

Jauchzet, die sein Tod betrübte!

Er, den dieser Hügel deckte,

Jesus lebt; ihr klagt vergebens!

Sehet da, sein leeres Grab!

Der die Todten auferweckte,
Sollte der im Grabe bleiben?
Himmel! soll der Gottgeliebte,
Soll der Gottheit Sohn zerstäuben? —
Todesengel, lasset ab!

Sey gegrüßet, Fürst des Lebens!
Jauchzet, die sein Tod betrübte!
Er, den dieser Hügel deckte,
Jesus lebt; ihr klagt vergebens!
Sehet da, sein leeres Grab!

Recitativ.

Wer ist die Sionitinn, die vom Grabe
So schüchtern in den Garten flieht, und
weinet? —

Nicht lange. Jesus selbst erscheinet,
Doch unerkannt, und spricht ihr zu:
„O Tochter, warum weinest du?„ —

„Herr, fage, nahmft Du meinen Herrn
aus diefem Grabe?

„Wo liegt er? Ach! vergönne,

„Daſs ich ihn hole; daſs ich ihn

„Mit Thränen netze; daſs ich ihn

„Mit diefen Salben noch im Tode falben
könne,

„Wie ich im Leben ihn gefalbt.„ —

„Maria!„

So ruft mit holder Stimm' ihr Freund,

In feiner eigenen Geftalt: „Maria!„ —

„Mein Meifter! ach!„ — Sie fällt zu
feinen Füfsen nieder,

Umarmt fie, küfst fie, weint, —

„Du follft mich wieder fehen!

„Noch werd' ich nicht zu meinem Vater
gehen.

„Steh auf, und fuche meine Brüder,

„Und meinen Simon! fag': Ich leb', und
will ihu fehen.„

Aa 3

Duett.

A.

Vater deiner schwachen Kinder!
Der Gefallne, der Betrübte,
Hört von dir den ersten Trost.

B.

Tröster der gerührten Sünder!
Die dich suchte, die dich liebte,
Fand bey dir den ersten Trost.

A. B.

Tröster! Vater! Menschenfreund!
O! wie wird durch jede Zähre
Dein erbarmend Herz erweicht!

A.

Sagt, wer unserm Gotte gleicht,
Der die Missethat vergiebet?

B.

Sagt, wer unserm Gotte gleicht,
Der den Missethäter liebet?

A. B.

Liebe, die du selbst geweint,
O! wie wird durch jede Zähre
Dein allgütig Herz erweicht!

A.

Vater deiner schwachen Kinder!
Der Gefallne, der Betrübte,
Hört von dir den ersten Trost.

B.

Tröster der gerührten Sünder!
Die dich suchte, die dich liebte,
Fand bey dir den ersten Trost.

A. B.

Tröster! Vater! Menschenfreund!
O! wie wird durch jede Zähre
Dein erbarmend Herz erweicht!

Recitativ.

Freundinnen Jefu! fagt, woher fo oft
In diefen Garten? Habt ihr nicht gehört,
　　　er lebe?

Ihr zärtlichen Betrübten hofft
Den Göttlichen zu fehn, den Magdalena
　　　fah? —

Ihr feyd erhört. Urplötzlich ift er da,
Und Aloen und Myrrheu düftet fein Ge-
　　　wand:

„Ich bin es! feyd gegrüfst!„ Sie fallen
　　　zitternd nieder,

Sein Arm erhebt fie wieder:
„Geht hin in unfer Vaterland,

„Und fagt den Jüngern an: Ich lebe,

„Und fahre bald hinauf in meines Vaters
　　　Reich;

„Doch will ich alle fehn, bevor ich mich
　　　für euch

„Zu meinem Gott und eurem Gott gen
　　　Himmel hebe.„

Arie.

Ich folge dir, verklärter Held!

Dir, Erstling der entschlafnen Frommen!

Triumph! der Tod ist weggenommen,

Der auf der Welt der Geister lag.

Dieß Fleisch, das in den Staub
zerfällt,

Wächst fröhlich aus dem Staube
wieder,

O! ruht in Hoffnung, meine Glieder,

Bis an den großen Aerntetag!

Ich folge dir, verklärter Held!

Dir, Erstling der entschlafnen Frommen!

Triumph! der Tod ist weggenommen,

Der auf der Welt der Geister lag.

Chor.

Tod! wo ift dein Stachel? dein
Sieg, o Hölle! wo ift er? —
Unfer ift der Sieg! Dank fey. Gott!
und Jefus ift Sieger!

Recitativ.

Dort feh' ich aus den Thoren

Jerufalems zwey Schüler Jefu gehn,

In Zweifeln ganz, und ganz in Traurig-
keit verloren,

Gehn fie durch Wald und Feld,

Und klagen ihren Herrn. Der Herr gefellt

Sich zu den Traurenden, umnebelt ihr
Geficht,

Hört ihre Zweifel an, giebt ihnen Un-
terricht:

„Der Held aus Juda, dem die Völker
dienen follen,

„Muſs erſt den Spott der Heiden,

„Und ſeines Volks Verachtung leiden.

„Der mächtige Prophet von Worten und
von Thaten

„Muſs durch den Freund, der mit ihm
aſs, verrathen,

„Verworfen durch den andern Freund,

„Verlaſſen in der Noth von allen,

„Den böſen Rotten in die Hände fallen.

„Es treten Frevler auf, und zeugen wider ihn:

„So ſpricht der Mund der Väter.

„Der König Iſraels verbirgt ſein Angeſicht

„Vor Schmach und Speichel nicht.

„Er hält die Wangen ihren Streichen,

„Den Rücken ihren Schlägen dar.

„Zur Schlachtbank hingeführt, thut er den
Mund nicht auf.

„Gerechnet unter Miſſethäter,

„Fleht er für sie zu Gott hinauf.

„Durchgraben hat man ihn, an Hand und
              Fuſs durchgraben.

„Mit Eſſig tränkt man ihn

„In seinem groſsen Durſt, und mischet
              Galle drein.

„Sie schütteln ihren Kopf um ihn.

„Er wird auf kurze Zeit von Gott ver-
              laſſen seyn.

„Die Völker werden sehn, wen sie durch-
              ſtochen haben.

„Man theilet sein Gewand, wirſt um sein
              Kleid das Loos.

„Er wird begraben, wie die Reichen;

„Und unverweſ't am Fleiſch zieht Gott ihn
              aus dem Schooſs

„Der Erd' hervor, und ſtellt ihn auf den
              Fels. Er gehet

„In seine Herrlichkeit zu seinem Vater
              ein.

„Sein Reich wird ewig feyn,

„Sein Name bleibt, fo lange Mond und
        Sonne ftehet.„ —

Die Rede heilt der Freunde Schmerz.

Mit Liebe wird ihr Herz

Zu diefem Gaft entzündet.

Sie lagern fich. Er bricht das Brodt, und
        faget Dank.

Die Jünger kennen feinen Dank,

Der Nebel fällt, fie fehn ihn, — er ver-
        fchwindet.

Arie.

Willkommen, Heiland! Freut euch,
*   Väter!*

Die Hoffnung Zions ift erfüllt.

O! dankt, ihr ungebornen Kinder!

Gott nimmt für eine Welt voll Sünder

Sein grofses Opfer an.

Der Heilige stirbt für Verräther:
So wird des Richters Spruch erfüllt.
Er tritt das Haupt der Hölle nieder,
Er bringet die Rebellen wieder:
Der Himmel nimmt uns an.

Willkommen, Heiland! Freut euch,
Väter!
Die Hoffnung Zions ist erfüllt.
O! dankt, ihr ungebornen Kinder!
Gott nimmt für eine Welt voll Sünder
Sein großes Opfer an.

Choral.

Triumph! Triumph! der Fürst des
Lebens sieget!
Gefesselt führt er Höll' und Tod.
Triumph! Triumph! die Siegesfahne
flieget!
Sein Kleid ist noch vom Blute roth.

Recitativ.

Elf auserwählte Jünger, bey verschloss-
nen Thüren,

Die Wut der Feinde scheuend, freuen
sich,

Daſs Jeſus wieder lebt. — „Ihr glaubt
es, aber mich, „

Erwiedert Thomas, „ſoll kein falſch Geſicht verführen. „ —

„Iſt er den Galiläerinnen nicht,

„Auch dieſem Simon nicht erſchienen?

„Sahn ihn nicht Kleophas und ſein Ge-
fährte dort

„Bey Emmahus? Ja hier, mein Freund,
an dieſem Ort

„Sahn wir ihn alle ſelbſt. Es waren
ſeine Mienen,

„Die Worte waren ſeinen Worten gleich,

„Er aſs mit uns.„ —

„Betrogen hat man euch!

„Ihr ſelbſt, aus Sehnſucht, habt euch gern
betrogen!

„Laſst mich ihn ſehn, mit allen Nägel-
maalen ſehn:

„Dann glaub' auch ich, es ſey mein heiſser
Wunſch geſchehn.„ —

„Und nun zerflieſst die Wolke, die den
Herrn umzogen,

Der mitten unter ihnen ſteht, und ſpricht:

„Der Friede Gottes ſey mit euch!

„Und du, Schwachgläubiger! komm, ſiehe,
zweifle nicht!„ —

„Mein Herr! mein Gott! ich ſeh', ich
glaub', ich ſchweige.„—

„So geh in alle Welt, und ſey mein
Zeuge!„

Arie.

Mein Herr! mein Gott! mein Herr!
mein Gott!
Dein iſt das Reich, die Macht iſt dein!
So wahr dein Fuß dieß Land betreten,
Wirſt du der Erde Schutzgott ſeyn.
Jehovens Sohn wird uns vertreten!
Verſöhnte, kommt, ihn anzubeten!
Erlöſte, ſagt ihm Dank!

Zu dir ſteigt mein Geſang empor
Aus jedem Thal, aus jedem Hain.
Dir will ich auf dem Feld' Altäre,
Und auf den Hügeln Tempel weihn.
Lallt meine Zunge nicht mehr Dank:
So ſey der Ehrfurcht, fromme Zähre
Mein letzter Lobgeſang!

Mein Herr! mein Gott! mein Herr!
mein Gott!

Dein ist das Reich! die Macht ist dein!

So wahr dein Fuß dieß Land betreten,

Wirst du der Erde Schutzgott seyn.

Jehovens Sohn wird uns vertreten!

Versöhnte, kommt, ihn anzubeten!

Erlöste, sagt ihm Dank!

Choral.

Triumph! Triumph! der Sohn des
Höchsten sieget!

Er eilt vom Sühnaltar empor.

Triumph! Triumph! sein Vater ist
vergnüget;

Er nimmt uns in der Engel Chor.

Recitativ.

Auf einem Hügel, deſſen Rücken

Der Oelbaum und der Palmbaum ſchmük-
ken,

Steht der Gefalbte Gottes. Um ihn ſtehn

Die ſeligen Geführten ſeiner Pilgrimm-
ſchaft.

Sie ſehn erſtaunt von ſeiuem Antlitz Stralen gehn;

Sie ſehn in einer lichten Wolke

Den Flammenwagen warten, der ihn führen ſoll:

Sie beten an. — Er hebt die Hände

Zum letzten Segen auf: „Seyd meines
Geiſtes voll!

„Geht hin, und lehrt,

„Bis an der Erden Ende,

„Was ihr von mir gehört:

„Das ewige Gebot der Liebe! — Gehet hin,

„Thut meine Wunder! Gehet hin,

„Verkündigt allem Volke

„Verſöhnung, Frieden, Seligkeit!„ —

Er ſagts, ſteigt auf, wird ſchnell empor
getragen;

Ein ſtralendes Gefolg' umringet ſeinen
Wagen.

Arie.

Ihr Thore Gottes, öffnet euch!

Der König ziehet in ſein Reich.

Macht Bahn, ihr Seraphinenchöre!

Er ſteigt auf ſeines Vaters Thron.

Triumph! werft eure Kronen nieder!

So ſchallt der weite Himmel wieder:

Triumph! gebt unſerm Gott die Ehre!

Heil unſerm Gott und ſeinem Sohn!

Ihr Thore Gottes, öffnet euch!

Der König ziehet in sein Reich.

Macht Bahn, ihr Seraphinenchöre!

Er steigt auf seines Vaters Thron.

Chor 1. *

Gott fähret auf mit Jauchzen, und
der Herr mit heller Posaune. Lobsinget, lobsinget Gott! lobsinget, lobsinget unserm Könige!

Chor 2. **

Der Herr ist König! des freue sich
das Erdreich! Das Meer brause! die
Wasserströme frohlocken! und alle In-
seln seyn fröhlich!

Chor 1. 2. ***

Jauchzet, ihr Himmel! freue dich, Erde! lobet, ihr Berge, mit Jauchzen! Wer ift, der in den Wolken gleich dem Herren gilt, und gleich ift unter den Kindern der Götter dem Herrn? Lobet ihn, alle feine Engel! Alles, was Odem hat, lobe den Herrn! Halleluja!

* Pf. 47. v. 6. 7.
** Pf. 97. v. 1. Pf. 98. v. 7. 8.
*** Jef. 49. v. 13. Pf. 89. v. 7. Pf. 148. v. 2. Pf. 150. v. 6.

Anhang.

Allgemeines Gebet.

Eine Rhapsodie.

Zu dir entfliegt mein Gesang, o ewige
    Quelle des Lebens!
O du, von den Lippen danksagender Wei-
    sen Jehova gegrüfset,
Und Oromazes, und Gott! gleich grofs
    im Tropfen des Thaues,
Der hier vom Grase rollt, gleich grofs in
    der Sonne, die raftlos

Rund um sich an goldenen Seilen glück-
    felige Welten herumführt;

Im Wurme, der Einen beftäubeten Aernte-
    tag lebt, und im Cherub,

Der alle Naturen durchforfcht, feit feiner
    undenklichen Jugend,

Und viele Glieder bereits an der Kette
    der Wefen verknüpft fieht,

Er felbft der oberfte, doch in deiner Gröffe
    verfinket,

(Wie foll ich in menfchlicher Rede den Kin-
    dern der Erde dich nennen?)

O deines unendlichen Weltraums allbele-
    bende Fülle! — —

Mit Schaudern verfenkt fich in ihn mein Geift
    in den Tempeln der Wälder,

Auf himmelanftrebenden Felfen, am Rande
    der braufenden Tiefe:

Und o! wie verfchwindet mir dann die finn-
    liche Freude! wie werden

Mir alle Begierden erhöht! — Du Welt-
    geift, hier fteh ich, verloren,

Bb 5

Auf einem Staube des Ganzen, und breite
die Hände zu dir aus:

Erhältst du, wann einst dieſs zarte Gewebe
des Leibes ſich auflöſt,

Ein höheres Antheil von mir, ſo ſoll die
Bewunderung deiner

Mein langes Geſchäffte verbleiben, mein
langer Geſang.

E n d e.